台北卡農

◉宇文正／著

聯合文叢 425

目錄

【推薦序】
當情愛注入城市——序宇文正《台北卡農》◎陳芳明 *004*

地下鐵 …… *010*

咖啡館 …… *017*

社區警衛室 …… *027*

音樂教室 …… *036*

便利商店 …… *045*

中正紀念堂 …… *053*

電梯 …… *065*

忠孝東路 …… *073*

美體小舖 …… *094*

牙醫診所 …… *109*

寵物店 …… *117*

一〇一 …… *130*

運動中心 …… *144*

重慶南路 …… *159*

【推薦序】

當情愛注入城市
——序宇文正《台北卡農》

陳芳明

荒涼的城市，陌生的街巷，倉皇的人群，隱藏多少不為人知的愛恨情仇。攤開一張都會的地圖，俯視阡陌縱橫的道路，假設自己站在其中一個路口，幾乎可以想像每天的每一時刻遇見任何行人，都各自懷著強弱不同的情感，錯肩而過，又揚長而去。龐大的都市空間，像一隻消化力極強的蜘蛛，讓市街上洶湧的喜怒哀樂幻化於無影無蹤。日出日落的節奏沒有改變，四季循環的速度也未嘗稍緩。如果從高空鳥瞰城市的白天與黑夜，高樓低簷的容貌永遠冷漠地坐落在那裡。天地不仁，視萬物為芻狗，應該是都會蒼茫風景線的最好寫照。

都市的表情不必然都是那麼冷漠。如果容許情感注入街口巷道，注入高樓地鐵，有多少被遺忘、被忽視的故事都將復活過來。在捷運，在圖書館，在紀念堂，在健身中心，有太多看不見的情感從未止息地流竄。歧異的道路，不同的建築，長短的距離，構成每位單一個人的生活空間。在寬窄不等的空間，存在著悲喜的情愛。絕情的都會，不時會冒出多情的人際關係。宇文正的小說《台北卡農》，細緻地點出在大廈的陰影，在陽光照不到的地方，在無人察覺的角落，生動的愛情故事，像歡愉的詩，像悲傷的歌，默默地扶搖升起。

這冊小說可能是近年來說故事技巧頗具突破的最新嘗試。宇文正的筆非常乾淨俐落，不拖泥帶水，不突發奇想，敘事節奏帶著一股淡淡悲哀的氣味。都市裡的每一個空間，就是一則短篇小說；所有的空間銜接起來時，正好可以構成一部長篇小說。每一個故事，既是開端，也是尾端；甚至只是敘事過程中間的一個橋段。閱讀時，無需拘泥從何處啟閱，當然也不必擔心選擇在何處終結。

宇文正彷彿是在暗示，一旦走進城市，每個空間，每次遭遇，都是屬於生命的偶然。然而，每一個偶然的故事背後，還有更多的偶然在牽引，在安排，在開創。每個空間都會發生錯綜複雜的人際互動。旁觀別人的故事時，小說會以「我」的身分出現；當自己的故事被人議論時，卻又變成「他」或「她」的角色。各種人稱的交錯，其實是心理與地理之間的相互替換。有時好像會迷失在故事裡，卻又在另一段故事找到了出口與銜接。這是一部充滿強烈空間感的小說，在故事的流動中，時間幾乎失去它應有的意義。主導整個故事的主軸，是記憶，是情感，是生命的惆悵與無奈。

小說裡的十四個故事，暗喻著這座城市的十四個空間：地下鐵，咖啡館，社區警衛室，音樂教室，便利商店，中正紀念堂，電梯，忠孝東路，美體小舖，牙醫診所，寵物店，一〇一，運動中心，重慶南路。彼此毫不相干的這些空間，隱隱約約卻有一線細微的命運連繫起來。無情的冷漠都市，容許庸庸碌碌的生命在這個空間聚集，在那個空間分散；就像一個故事在無意中形成，又在不經意中斷裂。宇文正站在一個神祕的高處，仔細端詳每一段悲歡離合的燃燒與熄滅。以詩的語言，描述愛情的完成與未完，失婚家庭裡孩子對親情的渴望與失望，已婚女子對過往生命的感動與感傷。現代都會的愛情，幾乎每一個都帶有殘缺；在千瘡百孔的經驗裡，有時卻又暗藏些許小小的幸福與滿足。

然而，生命中往往不能閃避抑制不住的悲傷。每到傷心處，簡直不能抗拒，只能馴服地領受。〈電梯〉這則故事的結構非常完整，把一位受到傷害的孩子心理狀態寫得極為傳神。父母離異時，沒有人能夠預測會為小孩鑄造怎樣的傷口。他發展出奇怪的行為，常常把穢物、垃圾塞進鄰居的鞋子。他總是幻想電梯是一個神奇的盒子，只要按一個神祕的按鈕，就可到達他內心所指定的時間點。他最大的願望，就是回到父母還未離婚以前的時間。電梯是一個隱喻，是一個心理空間。然而，心理願望並不能改變地理現實；願望未遂時，奇怪的舉止便伴隨而來。失序的生活，將會為未來的生命創造什麼？似乎已看見答案的端倪。

宇文正大膽以近乎詩意的散文體經營小說，似乎使人聯想到張讓。宇文正顯然還有更大的氣魄，嘗試一種開放式的敘事技巧。在現代都會裡，一位女子面對的是一個可疑的世界。宇文正緊緊扣住「可疑」的不確定與不安全。從少女成長到少婦的過程中，究竟要迎接多少危機與挑戰。每一個危機，每一個挑戰，在她筆下都可以形塑成一則迷人的小說。《台北卡農》在都市的每個空間都找到進去故事深處的入口，彷彿是一種拼圖遊戲，每一個圖片都不可或缺。在慢慢拼貼的節奏裡，一位都會女子的容貌，命運，情感，記憶，逐漸浮現出來。那是一個女性的傷心史，也是每一位現代女性的成長史。

因為沒有開端，也沒有終結，小說中的每一則故事都是一個入口。這是宇文正的想像最為迷人的地方。尤其是小說的最後一個空間〈重慶南路〉，又開啟了另一個故事。使人不能不懷疑，是不是最後一個故事才是整部小說的開始。在故事的結尾，她寫下一段接近詩意的語言：「她在這個城市裡，這個奇異的，什麼都可能存在的台北，也許今生就黯淡了，而更可能像許許多多的台北女人一樣，在一番生活淬煉之後，重新活了過來，明亮耀眼，好像永遠都不會老。」

宇文正是極具空間感的寫手，在小說創作的道路上，正要釋放她的能量。有一天她的筆終於也能觸及人性空間時，勇敢面對人間的醜惡與邪惡，小說當更有可觀。

地下鐵

手機斷訊了，他們的爭吵、出口一半的句子突然地消音了。望著黑黝黝的窗外，她一個字一個字寫簡訊給他，反覆琢磨，修改。也好吧，就不必擔心說出收不回的話。

地鐵隆隆的聲音，忽緩忽響，如露，如電。

有人戴著耳機，耳機裡傳出的是歌仔戲。戴耳機的人看起來相當年輕，像一個大學生。

她不是學生。她是三十二歲的小劇場演員。她臨時抱佛腳學一段歌仔戲，下禮拜要表演。她想起秋天時在舊金山的史翠賓植物園，遇見一對老先生、老太太，躲在一處亭子裡唱平劇。她和丈夫走過他們面前，拔高的嗓音在他們背後，嬝嬝不絕。她說：「他們一定不是夫妻，哪有夫妻躲到公園裡來唱平劇的。」丈夫對她扮個鬼臉，牽起她的手：「那我們看起來像不像夫妻？」

她甩開丈夫的手，她不知道他們像不像一對夫妻。他們沒有小孩。

她甩甩頭，像從夢魘裡掙醒。

她的簡訊寫不下去，她和他的愛情是一艘駛上沙灘的船。他有一個可怕的母親。

爲什麼她遇見的每個男人都有個可怕的母親？

對面博愛座上是個年輕的母親和一個六、七歲的小男孩。小男孩清秀的臉龐，像女孩一樣美麗。小男孩拉拉母親的手，母親俯下身來，男孩在母親臉上甜甜一吻，母親暖暖地笑了。

老太太笑看這一對母子，「妳就一個？」

年輕母親點點頭。

「要再生一個，模子這麼好，不多生一個可惜！」

母親點點頭。

五個月前，年輕母親生日的那天，她在醫院動了切片手術，證實罹患第二期的乳癌。那天晚上，她的丈夫買了一個小蛋糕。他們點起蠟燭，男孩到鋼琴前彈奏「生日快樂歌」，他已經學了半年的鋼琴。她閉上眼睛許願。男孩說：「媽咪，我知道妳許什麼願！」

「我許什麼願？」

「妳希望開刀的時候不會痛！」

她笑出了眼淚，把孩子摟緊。她許的願望是：上帝呵，請給我時間！我一定要陪伴他長大、成人！

她動了手術，如今乳房上一道深紅色的疤痕，正慢慢地褪色。由濃轉淡，傷痕與世間極樂事，都有著同一的本質。她還做了放射治療、化學治療。她知道自己不會再生孩子了。

她帶孩子坐捷運，他們要去SOGO。男孩依偎著母親，時不時要求母親低下頭來，讓他親一下。

媽媽生病了。爸爸告訴他，要乖，要體諒媽媽。他的媽媽好像龍貓卡通裡小月、小梅的媽媽，她們的媽媽說話一樣輕聲細語，她們的媽媽也去住院。媽媽住院的時候，他去舅舅家，舅媽叮嚀他，不可以讓外公知道媽媽病了。外公好久以前就生病了，身體很不好。他哭起來，問舅媽：「那以後我媽媽的身體是不是會像外公一樣不好？」舅媽拍拍他說不會，「你媽媽年紀輕，跟外公不一樣！」舅媽也哭了。還好媽媽只住院幾天就回家了。他抱著媽媽說：「妳是全天下最漂亮的媽媽！」

她戴著耳機，反覆聽那段歌仔戲。對面的母子像是對她一貫的信念挑戰：孩子是魔鬼！他們吵鬧、自私、現實、缺乏理性，最重要的，他們奪走你所有的自由！何況你不能保證自己生出什麼樣的小孩！看著那一對母子，她想像他們在家中可不是這般溫馨美好。是的，她在那名母親的眼中，看見疲憊，看見病容，看見壓抑的憂傷，是了！這就是有孩子的下場！

她躑躅在某一個字眼的取捨，愛情如此辛勞，她已漸漸失去耐性。望著那一對母子發愣。女人，是怎樣從一個年輕溫柔的母親，變成一個可怕的老太太？爲什麼小男孩依偎著母親的畫面如此甜美，男人依賴母親的畫面如此可厭？

老太太站起身，忍不住又望了那對母子一眼：「多抱抱他喲！這是最好的時候，將來他就不讓妳抱了！」

老太太下了車，她將到一所大學演講。她從來不讓人開車來接送她。七十一歲了，她仍然是獨立的個體。她的丈夫討厭她到處出鋒頭，她愈來愈不理會他的脾氣了。他像個孩子，可她年輕時已經帶過孩子，不需要再來一遍。何況他絕不可能是個可愛的孩子，他以爲他撒賴就能得到糖果，不是的，可愛的孩子是像地鐵裡那樣的小男孩，他們有柔嫩的臉頰、澄澈的眼睛，他們天生惹人喜愛。她有幾個小孫子，一樣有著柔嫩的臉頰、澄澈的眼睛，可他們都在國外。地下鐵是光陰的拉鍊，緊合了，又拉開，她早已逝去的與孩子相依偎的歲月、在數十年婚姻裡默默承受的一切。

地下鐵是夢的甬道。

年輕母親闔上眼凝聽地鐵隆隆，混著細微歌仔戲聲，盹著了。才剛盹著，即刻醒來，牽起男孩的手，他們下了車。男孩把媽媽手上的提袋接過來，掛在自己肩上，他覺得自己是個大哥哥了。

電梯浮出地上的一瞬，她乍然想起方才短暫瞌睡時的夢。她在果凍般的湖裡游泳，女人的歌聲彷佛從遙遠的天上折進湖心。她抬頭、傾聽，游向歌聲……。她想起，那是媽媽的歌聲啊！媽媽在她大學時就過世了，死於乳癌。

她握緊男孩的手。男孩說：「媽咪，妳的手心流汗了。」他們要去SOGO給爸爸買生日禮物。男孩希望能看到咕咕鐘報時。地下鐵是咕咕鐘的發條。嚕嚕嚕嚕，有人不停捲著發條。

地下鐵是貓的眼瞳。

三十二歲的劇場演員迅速在紙上記下片段文字。她沒法忘記那年輕母親臉上的病容。貓的眼瞳，照見平庸生活的殘酷眞相。她以爲，那年輕母親的年紀與自己相去不遠，可她如此消瘦！奇異的是，當她睡著的時候，她的眉眼微抬，一臉平和，彷彿正領受神喻。她必是夢見少女年華，她必是夢見青春在眼前無限展延……啊！青春將無限展延，除非妳選擇生育，將青春斬斷。

地下鐵是拼被的織線。

她不知道自己要坐到哪裡？望著男孩與母親手牽手下車的身影，她才想起自己過了站。她看見年輕母親的手提袋掛在小男孩肩上。他們牽著的手，是一床絕美拼被的織線。如果男孩長大就扯裂了織線，人生豈不教人灰心？她覺得眼眶溫熱而濕潤了。她覺得她與他的吵鬧，實在自私、現實、缺乏理性……

她終於寫好了簡訊：

也許我們的愛情，只是暫時進入地下鐵……

咖啡館

咖啡館是一個聲音的下水道。

妳在這裡覺得安全，妳說的話語，像煙霧融在早已迷濛的房間。沒有人注意妳，即便妳曾經是名噪一時的星星。當妳走進名廚、飯店，經理還是會過來問候妳一聲：好久不見！可是這裡，這是一個臉孔的夜市。

她拿出錄音機、紙、筆。她將記錄下妳說的話，爲妳寫一本書。書上不會有她的名字，作者是妳。

妳將告訴她屬於妳的年代。妳曾經是許多羅曼史的代言人，妳有一雙明亮的大眼睛、小巧卻高挺的鼻梁。妳完美無瑕，是所有男孩、女孩的夢想，直到有一天，妳在一場婚外情的戲裡跌下了舞台。妳的對手比妳入戲，她向世人宣稱，妳的大眼睛，其實割過雙眼皮，妳高挺的鼻梁，動過隆鼻手術，妳的情感像妳的臉一樣虛假。妳奪走她的丈夫，如同妳掠取世人的情感和信任。妳站在十二樓高的陽台向下俯視，沉默良久，而後妳拋下手邊抓得到的所有物品，美麗的衣、鞋、帽子、皮包、披肩……妳忘情地拋卻，看一條條長圍巾在風裡飄逸，世人說：妳、瘋、了！妳退出陽台。

而後的十六年裡，妳努力抗拒從高樓下墜的慾望。然後有一天，妳大夢初醒，發現所有的人，都在討論美容手術；發現婚外情是一艘承載知名度的太空梭，沒有一艘任務失敗。妳走在台北的街道，搜尋屬於妳的年代。妳恍然發現如此多的咖啡館，它們似是而非。妳的年代也有咖啡館。

一場黃粱大夢，妳發覺妳的年代的人們都在老去。那些女明星，如同洩了氣的球體，各個慘不忍睹。

她望著女明星的臉。仍然如此驕傲啊！她批評當年採用小針美容的女明星，爲求豐腴飽滿的臉面，東牆補補、西牆補補，那些注射的矽膠，時日一久，額頭上的掉到眼皮上、臉頰上的掉到下巴來，永遠拿不掉。而她，永遠的星星啊！

她振筆疾書：外貌、自信與情感，我並不知道別的女人在這三方面是否經歷過一些心靈的衝突？對我而言，它們之間的折衝繫緊了我人生路程的精神狀態，我將坦然道出當年的崛起與沒落……

她喜歡書寫別人的故事。寫過一位法師，寫過女主播，寫過超級保險業務員，寫過股市大亨……就是沒有寫過任何關於自己的事。她是一個文字的靈媒，扮演別人，讓她熱烈地活著；闔上筆記，她覺得自己一片空白。

你覺得自己就要一片空白。所有的色彩都在消褪，你想捕捉，彩虹消逝前最後的光影。

你要她別動。你拿出紙筆，捕捉她這一刻的美麗。啊！她是這樣美麗！她是個美麗的孕婦。她飽滿的氣色，讓人清楚看見肚腹裡生命的成長，一個新的宇宙正在建構——與你恰恰相反。你的體內是一個失序崩毀的世界，免疫系統逐漸耗損。你患了世紀之病，ＡＩＤＳ。你不斷地咳嗽，引來旁人不悅的眼光。

她忍耐地微笑，盡可能表現不在意。她有充分的常識，理解ＡＩＤＳ的傳染途徑，她知道她和她的胎兒是安全的。在情感上，她也知道自己是安全的，即使你盛讚她的美貌，她的表情平靜無波，她知道，你是一位男同性戀者。

你們靜靜地坐著，一個畫畫，一個微笑。畫裡的人，每分每秒都在滋長。她和她的胎兒，是迎著陽光的向日葵。畫外的你，每分每秒都在消殞。你體內的細胞，正一個一個陣亡。然而你愉快作畫。你愛美，你是如此耽溺於美呀！

妳對美的耽溺，是一生崛起與毀滅的所有因果。

妳說，從前從前，妳有一雙腫脹的眼、塌陷的鼻子，整個人像一隻發育不全的老鼠，命運安排妳走進演藝圈，眞是件奇妙的事！高中時代，妳每天走過西門町，看到「生生美容院」的廣告——那似乎是當年唯一的整型外科，妳好想進去，可妳是一個小孩子，怎麼敢呢？直到高中畢業那一天，妳央求母親帶妳走進去。那裡有十張割雙眼皮的床，醫生像牙醫師那般一床一床打麻醉針、消毒、縫。妳走出來，痛得強忍著淚。妳的兩隻眼睛腫得像金魚，心裡無限懊悔！一個星期過去，眼皮消腫了，啊！妳發覺自己變了一個人，從此妳的世界完全改變。

世界完全改變。柏林圍牆拆除了，蘇聯解體了。你說，你申請到了文建會的補助，再過三個月，你的劇團將遠赴東歐。你日以繼夜為演出的劇本做最後的修訂。人們說，你不該將生命兩頭燃燒，你應該愛惜自己。

你愛惜自己，殘餘的時光。你編劇，你畫畫，你閱讀，你將去遊歷，到殘敗而猶存風韻的東歐……

妳猶存的風韻，不在開始鬆弛的臉上，不在比例有了變化的身段，在妳解下柔軟黑色斗篷擱上椅背的手勢，在妳說話的低啞嗓音，雖然人們說過，這樣的嗓音，破了妳的相。

妳進入知名電影公司，卻被冷凍了兩年。每一次演出的試鏡，一再考慮之後，導演終究捨棄了妳，他們從不告訴妳原因。兩年過去，除了拍攝幾張宣傳照、業餘走過幾場模特兒秀，妳一無所有。妳覺得整個生命浪費掉了。終於有一位導演對妳做出中肯的建議：妳，去隆鼻吧！妳的鼻子上不了鏡頭，不立體。

還是回到生生美容院。妳做了第一次的隆鼻手術，削一塊塑膠，把鼻梁墊高。妳從此開始演戲，並且一炮而紅。

在圈內，讓你一炮而紅的不是你的劇本，而是你這世紀之病。你成爲代言人，成爲被保護的弱者，成爲對抗保守勢力的強者，成爲圈內人的話題。

她才是強者，她在你的面前，顯得如此生意盎然。你要以你的筆，畫下生之孕育，透過你體內死亡的獸，貪婪的眼，你知道你將畫出的是這一生最傑出的畫作。

妳經歷兩次眼睛、兩次鼻梁的手術，妳的臉，是那位整型醫師最得意的傑作。妳在圈內的地位牢固了，妳慢慢地忘了自己從前的長相，就像常常忘記自己的本名一樣。

妳對美主觀、篤定，在小針美容盛行的年代，妳慶幸自己不盲從，不受旁人左右，妳的美容史並沒有爲妳帶來災難。妳從沒有後悔過，美容只是增加了妳的自信，使妳的狀態變得順暢。可是精神上，卻有一番沉重。那是一個美容經驗不能公開的年代。那是妳最大的祕密，雖然那祕密帶給妳喜悅，然而它是不可分享的。

她的眼睛裡漾著祕密的喜悅，她並不知道你的生命即將走上終點，否則無論如何，她會壓抑那一份喜悅吧？她凝望著你，神思遠在天邊，那笑意如此悠閒，悠閒得近於冷漠了。而你，軀體的脆弱與藝術熱情的強悍，將在畫布上取得協調，或者不協調的力量。

說完美容史，接著是妳驚濤駭浪的戀情。妳的戀情才開始，錄音帶到底了。她慌張取出錄音帶、翻面，重新按下錄音鍵，唯恐漏失了重要的情節。

你的錄音帶隨時可能到底，而你沒有機會翻面。又或者翻面，是另一趟冒險？人生至此，終要相信輪迴吧！否則活著，就太令人絕望了。望著隔桌女孩操作錄音機的手，你了悟下一趟行旅，會蓋過今生的路程，間或有些似曾相識的風景，那就是宿緣了。

她盯著錄音帶的運轉，抬頭歉然對妳笑說，以前曾發生翻面後故障，錄音帶根本沒動，結果反面是空白的災難，現在就變得小心翼翼了。

妳說妳懂，妳的生命其實在一次翻轉之後，就是一片空白了。妳忽然說不下去，那愛情的快意，在公諸於世之後其實已經遽然墜地。多年來，妳不斷地對抗地心引力，每走過欄杆邊，妳必須克制自己一躍而下的慾望。然而少年時，妳曾倚賴向上飛的慾望而活。

她將永遠記住，這一個咖啡館的午後。她的心思向上飄飛。有人拿那麼激賞的目光爲她畫像。想起初戀時的男孩，他們相識，是在學校的溜冰場。她趴在欄杆邊，只是想張望場地，考慮去買一雙溜冰鞋來練習。場中的男孩卻因爲她的出現，心慌意亂，摔了個大跟斗。後來他教她溜冰，兩人在溜冰場裡滑行如飛。

那是她第一次感覺到飛。這一次，是腹裡的胎兒帶著她高飛，在冥漠不可知的宇宙谿壑裡飛，飛過前世今生，飛過他的來處？

從高樓往下跳，就將回到來處。妳的故事開始抽象化了。高樓接近於天堂。妳說，在尼可拉斯凱吉主演的《X情人》裡，天使從高樓下墜便成爲凡人。高樓原來是天堂與人間的轉運站啊！妳的心思騰飛在高樓上，啊！終有一天……

她聽得入了神，進入一個濃度極高、極稠，充滿慾望、情仇的靈魂，她將以文字環遊那大起大落、瘋狂癡傻的半生。沙沙沙沙，下筆如飛……

畫中的女人，嘴角揚著縹緲的笑，她的心在高原上，她的心在藍天上。這只是張素描，他將回去繪上色彩。他已經能想像上色後的畫面，他的心飛至高處，俯視這一幅畫作。他的心和著咖啡館的音樂高飛，那是Bob Dylan的老歌〈Blowin' in the Wind〉。啊！生命流失的過程，正是吹散的輕煙，正是薄霧裡蒸融的水珠，隨風，向高處飛散。

咖啡館是一座靈魂的飛行場。

社區警衛室

社區警衛室是住戶的情報站。一名警衛對住戶說：那個住在C棟七樓的女人啊？她最近大概失眠了，你看她的黑眼圈就知道……

住在C棟七樓的女人有一頭新染的紅髮。電梯裡，孩子們總是睜著大眼睛瞅她，紅色大波浪卷髮下襯著蒼白的肌膚，她好像一個外國女人。電梯裡，男人總是保持著紳士的微笑，她是一名不折不扣的美女。電梯裡，女人總是與她客氣頷首，而後避免目光的交會；她們想著，她的香水味太濃了，她的妝塗得太厚了，她的頭髮染得太紅了。

住在C棟七樓的女人，最近特別的蒼白，妝搽得比較厚，頭髮染得比較紅，掩飾勞累的肌膚，因爲她最近拿掉了一個小孩。

她不是沒有罪惡感，可是她覺得自己實在不適合去生養一個小孩，那是多大的責任！有時她和已婚女友在一起，聆聽她們一肚子孩子教育的苦水，她忍不住為她們計算：養一個小孩究竟要花多少錢？再核計她們與丈夫的薪水，她感到肅然起敬，更別提那無價的心力。

她並不是第一次拿掉小孩，然而這一次特別難受。她不眷戀，卻隱隱作痛。也許，是因為年紀眞的大了吧？她想。

她的腦波，像臉色一樣的蒼白。白色的波浪，日夜在腦海裡翻攪。她已經失眠一陣子了。

C棟七樓的女人，疲憊地坐在電視機前，她想要靜一靜。可是靜不下來。因為社區有一位警衛很喜歡廣播。她想他眞的非常喜歡廣播吧？他總是會先來一段預告：「警衛室報告，警衛室報告，各位親愛的住戶，請將大門打開，以便收聽清楚。」這句話他會重複好幾次，仍然不直說重點。而她想不出來為什麼要把大門打開，社區廣播的喇叭音量已經夠大、夠刺耳了。

「親愛的住戶，您好！」她實在無法忍受作為那「親愛的」住戶裡的一分子。這個世界很怪異，眞正親密地在一起的人，從不說親愛，陌生人之間卻動不動說「親愛的」。警衛熟極而流把「親愛的住戶」問候一番才終於開始說明重點；然後感謝大家的配合、收聽，然後，他會唱費玉清的〈晚安曲〉：「讓我們互道一聲晚安，送走這匆匆的一天……」

半個鐘頭以後，「警衛室報告……」又來了！直到〈晚安曲〉唱完。有時候，一個晚上他會報告好幾遍。他似乎相當滿意自己的音色。

萬聖節快到了，社區將爲孩子們舉辦「不給糖就搗蛋」的活動，最近幾天，社區警衛的廣播就更勤，〈晚安曲〉唱得更起勁了！

住在C棟七樓的女人，失眠得很厲害。

「親愛的住戶，您好！爲了給孩子們一個快樂的萬聖節，本社區徵求自願提供糖果的家庭，自願者請到警衛室來報名……祝您有個寧靜的夜晚，晚安，晚安，再說一聲，明天見。」

寧靜的夜晚？每天聽〈晚安曲〉！C棟七樓的女人覺得自己簡直是住在百貨公司裡。她拿起警衛室直撥話筒，猛按幾聲，又猝然放下。「嘟嘟嘟嘟——」警衛室卻回撥給她，問她是不是要提供糖果？

她不記得自己怎樣含糊應對那些問話了。她拒絕了，可是對方竟百般感謝，那些客套話的往返，竟有點兒像她的工作。

有一回她打電話詢問某報社的活動組，洽商能不能掛名合辦一項義賣的活動。接電話的是剛升上組長的一名男士，他十分熱心地說：「有什麼事情，請儘管吩咐，小弟絕對效勞……」可是電話掛上，她卻完全不懂，他的意思到底是同不同意合辦？因爲他又說了一堆時機不是很恰當之類的話，最後再要求她隨時有活動不要忘了他呀！後來她遇見那位男士的部屬，忍不住問了一句：「你們組長講的話，你都聽得懂嗎？」對方笑得快要噎到：「聽得懂啊！」

我就聽不懂！她想她總是聽不懂男人的語言。就像她始終沒聽懂，她的男人究竟是要還是不要跟他老婆離婚？他說的彷彿是要，遲早要離的，可是一邊哄她拿掉小孩。她並不在乎拿掉小孩，即使他們結婚了，她也未必要生小孩。她疑惑的已不只是男人要不要離婚，還包括她自己，到底要什麼？他們的愛情，是不是已經走到了盡頭？墮胎總是為情人之間畫上句點，就像孩子為夫妻之間帶來轉折一樣。

‧

那名警衛秉持對演說的高度興趣，反覆預告萬聖節的活動。住在C棟七樓的女人知道，今晚她又要失眠了，因為這惱恨的情緒將延續到她上床不會消除。她想起電影裡的情節，布魯斯威利對餐廳侍者掏出槍來：警告他漢堡裡不、要、加、美奶滋！她想像，拿把槍衝進警衛室，指著那警衛的嘴巴，要他閉嘴！警告他永遠不要在廣播裡唱歌——

她站在警衛室門口，兩名警衛背對著她，正跟窗口一名太太聊天。他們在談論A棟那個教鋼琴的老師最近得了乳癌，孩子還那麼小……

警衛室是社區資訊集散地。人們總在領包裹、繳管理費、等社區巴士的短暫時刻與警衛交換訊息。

警衛室玻璃門上貼著警衛人員守則，列出住戶可檢舉的項目，例如當班時飲酒、打瞌睡、擅離職守，例如服裝不整、態度惡劣、造謠生事等等。女人把守則細細讀了一遍，其中並沒有不准唱歌這一項。

一名警衛轉頭來發現了她，殷勤招呼：「秦小姐，這麼晚要出去啊？」

社區警衛在辨認臉孔、記憶姓名方面具有高度的智商。她懷疑社區招考警衛時是否先做過記憶力的測驗？他們不但能正確喊出每個住戶的姓氏，並且知道每一名住戶出沒的時間表。有時她不過提早半個鐘頭出門，警衛會問：「今天比較早上班喔？」他們也清楚每一個人身邊要配上哪一號人物，習慣夫妻一同出門的住戶，如果某一天太太單獨出門，警衛會說：「今天先生沒送妳呀？」她知道，當她的男人過來時，他們會竊竊私語。

她並沒有要出去，她只是希望找到一個辦法，今晚能夠平靜入睡。也許用手勒緊那名喜愛廣播的警衛的脖子，警告他，並不是人人都喜歡收聽他的節目！然而她問：「有我的掛號信嗎？」喜愛廣播的警衛立即搖頭：「今天沒有。」如此堅定，他甚至沒去翻登記簿。他看上去五十好幾，後腦勺的頭髮有些禿了。他說：「秦小姐要多休息啊！」她幾乎要翻臉，卻看見警衛的臉上掛著謙遜的笑。那樣的笑，似曾相識。

她想起自己的父親。高中時，有一回學校一項資料要家長簽名，她忘了，上學途中她先到父親的公司，隔著一扇窗，她聽見一個女人對著父親咆哮，那女人看上去比父親還年輕些，而她的父親，沒有抗辯一句話。女人轉身離開，其他人立刻圍上：怎麼了？她的父親喃喃地解釋，臉上掛著，謙遜的笑。她悄悄走了，自己幫父親簽上名字。

她悄悄走了。

住在C棟七樓的女人，已經失眠好久好久了。

萬聖節來臨。台灣不知從何時開始，有形有色地過起萬聖節。學校老師會要求家長幫孩子裝扮。財力雄厚的家庭，爲孩子購買哈利波特的全套裝備，包括光輪兩千，一把也許日後可以拿來掃地的掃帚；手藝好的媽媽，爲孩子縫製南瓜衣、恐龍裝。住在C棟七樓的女人走進電梯時，讓一個鬼面具伸出的紅舌頭嚇了一跳，小傢伙發出得意的尖叫；電梯裡還有個長著透明翅膀、混身雪白的漂亮小天使。她十分十分的慶幸，沒有生孩子。她可絕對沒有那樣的手藝！

她幾乎進不了自己的家門，因爲門口正有一群裝扮奇異的孩子猛按她家的電鈴。帶頭那名蜘蛛人男孩失望地下結論：「沒有人在，我們換下一家吧！」小仙女拿起名單畫上一槓：「眞奇怪，明明有這一家呀！怎麼都不出來。」

她閃進樓梯間，屏息，等待那一大群小蘿蔔頭呼擁進了電梯才敢出來，悄悄地回到自己的家。

「不給糖就搗蛋」的孩子們分成許多小隊伍，每隔一陣子就有一隊跑來按電鈴，有的不死心，拚命按，久久才失望離去。住在C棟七樓的女人蜷縮在沙發上，不敢開燈，更不敢打開電視。

室內漆黑，襯得窗外夜空明亮。點點燈海，每一盞燈下，都是一戶快樂好人家啊，她想著，她和她的男人在一起，一直以來，就像這一晚，悄然躲在暗室裡，不能開燈，不敢發出任何聲響，只能遙遙眺望不可及的星空和星空下點點燈火。

她走到窗前，看見提著南瓜燈的孩子們穿梭在庭園中，大聲練習著「Treat or trick」的英語。她拿起電話撥了他的手機：「Treat or trick!」

「什麼?」男人一頭霧水。

「我要你帶一大袋的糖果過來，不然我就要搗蛋!」

住在C棟七樓的女人躺在沙發上睡著了。她在等待一袋夢中的糖果。

夢中，隱約聽見社區警衛的歌聲：「……值得懷念的，請你珍藏；應該忘記的，莫再留戀。讓我們互道一聲晚安……」

她睡得好沉好沉，後來敲門、按鈴的孩子們，都沒有吵醒她。

音樂教室

亨德密特，《當去年的紫丁香在庭前綻放》。憂戚的管弦樂前奏……

這個滿臉疲憊的男人把音樂教室裡所有的報紙都翻完了，孩子還沒有出來。他並不常來，通常是妻子帶女兒來。女兒君君做什麼，妻子一定陪在身旁，然而今天他獨自帶君君來，他的妻子離家出走了。

A教室，有家長癡癡地隔著門上的玻璃，追隨孩子的蹤影。他們在裡面跑跑跳跳。有時老師關起燈，讓孩子拿著螢光棒隨節拍律動，或拿著手電筒在布幕後扮演小星星；有時他們隨著《胡桃鉗》、《動物狂歡節》的音樂起舞。有個子矮小的母親，一整節課踮著腳尖守望那一方玻璃。這班奧福課程的孩子只有三、四歲大，他們的父母親從窗口，寄上所有的期盼。

以前當他偶爾陪伴妻子同來的時候，總也是那門外的一個，一邊張望女兒，一邊與其他父母交換孩子的生活小事，女兒太小，他總怕她被別的孩子推倒；然而現在他毫無心情。

他讓一個女人為他拿掉了小孩。

他已經很久沒有她的消息了，最後一次通電話是去年底萬聖節的時候。他突然接到她的來電，要他帶一袋糖果去看她，她的聲音聽起來彷彿喝了酒。他想她只是酒後鬧一鬧吧，酒醒就沒事了。他正陪著女兒雜在一堆奇裝異服的孩子中間，浩浩蕩蕩去便利商店要糖果，他和妻子跟在孩子們的後頭。妻子親手縫製，把女兒打扮成一條美人魚。女兒那麼小，每一個見到她的人都忍不住彎下腰來摸摸她紅紅的臉蛋、橘色的小尾巴，讚嘆一聲：「好可愛的小美人魚喲！」妻子把女兒捧在掌心，她是眞可能為女兒去摘月亮的母親吧！他不會離棄她們，他從來就知道他不會。

他沒有想到的是，從此，她就從他的世界消失了，那個在萬聖節來要糖果的女人。她是個古怪而美麗的女人。她的手機突然變成了空號，打到她的公司，她作出完全不認得他的樣子。那與她歡愛的所有過程，突然間被一個橡皮擦擦掉了。一切變成了令他心痛的幻想。

也許，她知道她要的糖果，他眞的給不起？

他滿懷感傷地想著，這世間曾經有過一個孩子，他從沒有機會給他糖果。他的自責，是從她消失之後才深刻起來。

如今，他的妻子也消失了。他甚至未及思考痛苦不痛苦，他覺得慌亂無措。他失神望著一對長得一模一樣的女孩，手拉手經過他的面前，他懷疑是他的幻想。

佛瑞《洋娃娃雙鋼琴組曲》。甜美的四手聯彈……

小梧、小桐兩個雙胞胎女孩每個禮拜只有在鋼琴課上見面。她們的父母離婚了。他們一人要一個孩子，跟著媽媽的小桐搬了家、轉了學，她們就被分開來了。大人說這樣子很公平，也有大人說把雙胞胎分開來是殘酷的。

她們已經分開一年了。她們三歲就來到這裡的奧福班，後來一起跟江老師學鋼琴，她們都不願意離開江老師，於是她們可以在鋼琴課見面。

她們各自在家裡練琴。當爸爸加班好晚沒回家時，小梧就不斷地彈著鋼琴；當媽媽帶著那個男人到家裡來的時候，小桐就不斷地彈著鋼琴。她們的鋼琴進度變快了，大人說，是因爲沒有人跟她們搶琴了。

她們在學校裡、在家裡都不再被當成雙胞胎了，唯有鋼琴課的時候還可以跟江老師玩一玩讓老師弄錯人的把戲。慢慢地，老師愈來愈不會錯認她們，她們不再像小時候那麼像了。大人說，是因爲兩人的生活環境不一樣，慢慢就有了不一樣的面貌。她們計畫過，像電影裡久分重逢的雙胞胎，偷偷交換回到對方的家，趁著大人還分不太出她們的時候。可是小梧已經不能想像沒有爸爸，而沒有媽媽的感覺她已經知道了；小桐已經不能想像沒有媽媽，而沒有爸爸的感覺她已經知道了。

有一次媽媽帶著那個男人到家裡來的時候，小桐偷偷想著，她希望媽媽車禍死掉，那麼她就會回到爸爸的家，跟姊姊住在一起。以前，她什麼事情都會跟姊姊說，可是這件事不能說。不能讓姊姊知道她曾經想要媽媽死掉。於是她不停地彈鋼琴。

爸爸就要結婚了，爸爸說，他一個人沒有辦法照顧小梧，而阿嬤老了，他需要一個太太。爸爸的新太太有一個小男孩，那個小男孩將要住到他們家，她將有一個新弟弟。小梧還不要告訴妹妹這個祕密，妹妹會非常非常地傷心。於是她不停地彈鋼琴。

每一次離開音樂教室，她們都要跟江老師抱一抱。可是今天，小桐抱著江老師的時候，忽然好想好想哭，她的心裡懷著一個巨大的祕密，她覺得喘不過氣。小梧抱著江老師，偷偷看著妹妹，她將有一個新媽媽、新弟弟，她不知道未來會變得怎樣？她把老師抱得好緊，緊得自己喘不過氣。她告訴自己要忍耐，不可以哭出來。

江老師一手攬著一個孩子，就像她們的母親。

巴哈《G弦之歌》。在低沉感傷的G弦上……

D教室雙胞胎女孩到外廳裡玩展示的鋼琴，一邊等候她們的父母。江老師坐在KAWAI黑色鋼琴前發愣。剛才，她摟著兩個傷心的孩子不知所措。怎麼捨得呀！她們的父母怎麼捨得把她們分開！

江老師把手放在鋼琴上試圖彈奏，可是她的手仍舊不聽使喚。這一陣子她教課都只能口述，看孩子彈，再做糾正，卻不太能示範。不久前，她剛動過乳癌的手術，並且拿掉了右腋下的淋巴結，她的手仍在復健之中。

最初，她連筷子都無法使用，強迫自己變成左撇子，以左手刷牙、洗臉、洗頭髮……最難的是必須兩手捧水，她的手無法自然並攏；手肘的移動，也無法控制速度；手臂裡的神經似乎都是麻的，只有手指頭仍然靈活，卻還是沒辦法彈琴，因爲不能迅速移位。她試彈幾個小節，手立刻就痠了。少時練琴的記憶、母親的臉一一湧上心頭。她伏在鋼琴上。

妳才動完手術，就想彈琴？她問自己，不該著急的呀！復健幾個月，一定會恢復的。醫師說：「妳現在就是要跟疤痕抗戰，要抬頭挺胸，遠離疤痕向下的拉力！」手術前沒有人告訴過她這些。她搖搖頭，我從不知道，開完刀手會變這樣子！

她想起母親。這段時間不斷地想起母親。她想著自己只是做局部的切除，手就變這樣子，媽媽以前整個乳房切掉，出院回來休息沒幾天就照樣給他們煮飯，而她一點都不知道她的手動作會這麼艱難！

媽媽是切左邊還是右邊呢？

她不停地回想，不停地回想，就是想不起來！

只記得後來母親掉頭髮，她去衡陽路上買一頂假髮給她，店員還覺得奇怪，高中生怎麼會需要假髮。

她只注意母親的頭髮掉落了，一點都不知道她眞正的痛苦是什麼。

也許她更在意頭髮呢？她並不彈鋼琴呀！

江老師默默微笑起來，摸摸自己爲了洗髮方便而剪得像男孩般的短髮，她的化學療程即將開始。等我頭髮掉光的時候，但願也有人爲我買一頂假髮。

德布西，短歌〈在我心中哭泣〉。恍惚哀傷的冷音符……

A教室裡亂成一團了，一個小男孩沒有聽老師的話把襪子脫下來，他穿著襪子在教室裡跑來跑去，滑了一跤，把身旁那個子最小的小女孩君君撞倒了。君君下巴磕在木頭地板上，手撐起身子，還沒站穩就開始放聲大哭。大家都慌了！家長把門打開，君君哭著跑出來。手上拿著報紙的爸爸嚇壞了，仔細察看她的傷口，還好，沒有破皮流血，但是腫了起來，大概要腫好幾天吧！

爸爸抱起君君，告訴她沒事，不哭不哭。老師、小男孩的媽媽圍著君君，連連安慰，君君仍然哭個不停，從號啕變成了哽咽。她哭得太久了，爸爸有點兒抱歉地看看旁人，「小哥哥已經跟妳對不起了，也不是故意的，怎麼可以哭個不停？不哭了好不好？」君君搖頭。爸爸急了：「等一下帶妳去吃麥當勞好不好？」

君君搖頭。

「帶妳去買芭比娃娃好不好？」

君君搖頭。

「帶妳去姑姑家找小表哥玩好不好？」

君君搖頭。

「帶妳去動物園好不好？」

君君搖頭。

爸爸生氣了，音量不由得放大許多：「那妳到底要什麼？」

君君掙開爸爸的懷抱，用盡所有力氣嘶喊：「我要媽媽——」

爸爸、鋼琴前的雙胞胎女孩、D教室裡的江老師，淚水紛紛滾落了下來。

巴海貝爾，《卡農》。三部小提琴悠悠輪唱……

便利商店

「第七個！」

揹著一口皮箱的男人躲進便利商店。便利商店是大雨中的一朵蘑菇。他以爲聽到的應該是「歡迎光臨」，但不是，今天他聽到的是「第七個！」和一串女人的笑聲。他全身濕透了，他知道他們是笑他，但不明白笑什麼。他心裡不爽快，但不想表現出來。他的樣子像一個莫測高深的魔術師。

他的皮箱裡裝著大把的項鍊、戒指、耳環、手鍊、腰鍊、別針、髮夾……像一座小小的金銀島。他每個星期三中午到這個巷子口，迎接旁邊這棟大樓裡的粉領上班族。她們見到他總是容光煥發，但她們不看他，她們迫不及待盯緊他帶來的飾品。他批來的飾品都是韓國貨，她們愛不釋手，互相比看，一邊輕按額頭上滴下的汗珠，嘴裡嚷著：「好熱啊！」卻遲遲不肯走。他總想笑，但不表現出來。

現在一場暴雨，他躲進便利商店，盤算著這雨會下多久？她們會撐著美麗的傘來尋他嗎？如果雨停得太晚，也許她們就回辦公室不再出來了，他要碰碰運氣等她們嗎？「第七個」是什麼意思呢？

他的皮箱，見證了這個城市不滅的生命力。曾有一個男人靠近他的皮箱，對似乎熟識的女人說：「也就是一口皮箱，妳們怎麼能看那麼久啊？」那男人不知道，這口皮箱是那些女人的多啦A夢。

便利商店是城市的多啦A夢。

短髮及肩的女人回到住家旁的便利商店。便利商店與女人的家距離不到五十公尺，曾經，她依賴這裡像海浪依賴著沙灘。她總在這裡買報紙、咖啡、便當，提款、繳手機費、停車費、加值悠遊卡，影印、寄快遞，領取發票獎金、網路購書。便利商店是她的廚房、她的書報攤、她的郵局、她的銀行、她的政府。她回到這裡，像燕子找回熟悉的梁柱。

小時候，母親也曾離家出走，走了幾天，又回來窺探幾個小孩。她回到巷口的咁嘛店，頭家娘告訴她，孩子可憐哪！幾天來都是大家端飯過去，最小的每天哭著找媽媽，爸爸整天發脾氣打人。咁嘛店聚集更多的鄰居，七言八語敘述孩子的慘狀，然後簇擁著她母親回家。咁嘛店是一個斥候站，守望著全巷家庭的幸與不幸。咁嘛店是一個集體心理治療中心，悲傷的女人在那裡傾洩哀愁。她的母親回家了，孩子們重新擁抱媽媽。

這個城市失去了咁嘛店。

短髮及肩的女人走進便利商店，「第八個！」她愣了愣，不知大家喊著什麼。那幾個店員也許認得她。就在幾個禮拜前，那個萬聖節的夜晚，她還和丈夫尾隨一大群孩子來要糖果。他們一路要到便利商店來，戴吸血鬼面具的大孩子對著店員嚷：「Trick or treat!」她擔心引起誤會急急上前。一個年輕店員對她咧嘴一笑，然後進儲藏室裡找來一包包的雪餅、牛奶糖、果凍分給小朋友。他也許不記得了，那天她的嘴巴畫得斗大，臉頰上還畫了幾顆心。

那天在孩子們的歡呼聲裡，短髮女人瞥見丈夫接起一通奇怪的電話之後便沉默失神。她完全知道怎麼回事。那段時間裡，她在家經常接起不說話的電話。她上網進入丈夫的電子信箱，他以女兒的生日爲密碼，她一猜就猜中。他深愛女兒，女兒是他們婚姻關係裡最重要的環扣。他已不愛她。然而，她愛他嗎？

她上網讀他的信，不斷Re往返加長的信裡，一段段他寫給女友的文字，用著對待女兒般的溫柔口吻，那是他不曾給過她的。他們的情感是平衡的，過去她一直堅信平衡的愛情才能夠久遠，不應有一方失重。她的信念似乎是錯了。他不只拿掉了天平上的砝碼，還拿掉了她的自信。她恨他。

她決定不要複製母親的生命，爲了孩子守著一個已不相愛的男人，她決心出走。強忍割捨女兒的痛楚，那是最慘烈的試煉，她終於明白當年母親出走後爲什麼又回到巷口小店，她以爲她可以看一看就走，從此卻留了下來。她踏著跟母親一樣的腳步，回到巷口的便利商店。在這裡，她卻是一個永遠的陌生人，即便她過去天天來買報紙。他們喊「第八個！」是什麼意思呢？

穿低腰牛仔褲、露出一截白皙腰部的女人衝進來，四下找傘。她的傘老像易開罐，遇到雨就買，天晴了就不見了。找便利商店比找雨傘攤容易得多。便利商店是一個易開罐。「第九個！」她聽見衆人興奮的喊叫，然後發現一個年輕店員盯著她看。她很習慣的，男人們總是盯著她看。她只是冷，雨太大，連她的腰部都打濕了。下了雨，便利商店的冷氣就變得太冰涼。

便利商店是城市的冰箱。

年輕店員看著有點發著抖的女人，似曾相識。對似曾相識的面孔他總是毫無辦法，他每天見到的面孔實在太多了，多到對於臉孔變成一種純粹的概念。小時候生物課做標本，他捉來一隻蝴蝶，做壞了，再去捉一隻。

他對生物老師說，你看我捉到一隻一模一樣的蝴蝶！老師告訴他，世上沒有兩隻蝴蝶是一模一樣的。他要老師看，眞的一模一樣啊！你看牠們的顏色、花紋……老師說，如果蝴蝶看我們，也會覺得每個人都長得一模一樣，「蝴蝶」是一種概念，你必須突破那典型的概念去看蝴蝶，看這個世界。

大一時，他對女朋友說：將來我想去中部或是東部的山裡買一塊地，弄個農場。他亂說的，他根本不知道自己畢業要幹什麼。他念的是很多人聽到名字會驚訝地：「啊？有這個大學？」的國貿系。在這個經濟不景氣，大學升學率卻幾乎百分之百的時代裡，畢業即失業，「國貿」這個名詞成爲一種純粹的概念。農場，至少想像起來，可有具體的畫面。然而女朋友一聽立刻嗤之以鼻：「到山裡面？告訴你！沒有7-11的地方，我是沒辦法活下去的！」

那時候眞的一點也想不到，畢業後會蹲在這家便利商店。便利商店是他初戀女友的生命元素。便利商店是年輕少女的聖殿。雷雨轟隆中走進來一個女人，他整個人被閃電擊中似地盯緊那露出腰部的女人。那是他的初戀女友嗎？她離開他以後，他遇到過許多女人，他才明白，世上沒有一模一樣的蝴蝶，他再也找不回最初那一隻蝴蝶。

她不是他的蝴蝶，她們只是神似。他想，他最初的那一隻蝴蝶，現在說不定也穿著低腰牛仔褲，在城市的某個便利商店裡躲雨，顫抖地迎接男人貪看的目光吧！

門開的一剎那，「第十個！」整個便利商店大聲歡呼起來。

日子實在是太無聊了，這場大雨剛剛下下來的時候，幾個店員約定，等到第十個進來躲雨的客人，他們要免費讓他結帳。他們一個一個數下來，每個客人都莫名其妙，但是卻慢慢有人加進來一起計數。

便利商店是城市的計數器。

第十個走進來的客人是一個紮著馬尾的漂亮小女孩。店員們的視線跟隨著女孩，她買了什麼樣的商品，將決定他們在這場遊戲裡得分攤多少錢。他們很幸運，小女孩應該不會買太貴的東西。

小女孩站在那排零食區，考慮了許久，拿起一顆健達出奇蛋。她最喜歡出奇蛋了，不是爲了吃那層巧克力蛋，只是爲了看看蛋裡面包著什麼樣的玩具。

便利商店是一顆出奇蛋，以前每次跟媽媽上便利商店，媽媽繳費、買飲料，她就到處尋找新奇的東西。她的媽媽不見了，好久好久不見了，只要一想到媽媽她就想哭。她進來的時候好像聽見大人們喊著「第十個！」，於是她數了數，數到第十顆。

她慢慢數數的時候，世界好像靜了下來。靜了下來。媽媽的臉，出現在出奇蛋的架子旁邊。

當雨停的時候，每個走出這家便利商店的客人，手上都拿著一顆健達出奇蛋。今天便利商店大請客哦。有一個客人，好像是那個揹著皮箱的魔術師說，人生就像一顆出奇蛋，吃完一層巧克力，才會揭曉裡面包裹的是什麼。

中正紀念堂

聖誕節剛過的中正紀念堂，在大陸冷氣團的籠罩裡安靜得好像一個人都沒有。黎蕙默默拋出一小把一小把魚飼料，肥碩的錦鯉簇擁而來，偶或輕躍出水面，似乎是這裡唯一的聲響。

半年前這裡有過一場場激情的群聚，青天白日滿地紅招展，現在連打太極拳的老人都沒看到。鋒面來襲，而不遠的南亞海域剛發生鋪天蓋地的海嘯。世界末日呵！她蕭索地咀嚼著一個個慘烈的成語，天地不仁、地坼天崩、生靈塗炭……這些，是爸爸教給她的成語。

爸爸扶著她的手教她厚重的顏體，寫下一個個四字成語。爸爸的大哥死於日軍之手，弟弟在國共戰爭裡離散，他唯一同船來台的同學死於八二三砲戰，那是他經歷的最後一次戰爭。他娶台灣女孩，扶過四個孩子的手，用濃濃的墨汁寫下一個個厚實的方塊字。老了的時候，每個清晨，他總在中正紀念堂踱步，他喜歡從這裡仰望藍天。

爸爸在三二〇大選之前離世。在那之前，長達半年的時間，她每天下班後趕到榮民總醫院陪爸爸坐著聊聊、扶點滴架走走，她想多問點爸爸小時候的事，然而爸爸的意識漸漸混亂了。她疲於奔波，直到最近想起，那樣的時光，竟有種難以言說的甜美。

那或許就是緊握住最後時光的滋味，就像她在三一九槍擊事件後錯亂般的一種亢奮。她一直分不清楚，那完全無法入眠的日夜，究竟是因爲爸爸的離世還是因爲那場難以接受的選舉？每有朋友向她慰問，她總說：「我還好……」如果是更熟的朋友，她會說：「也好吧！如果我爸還活著，大概也是活活氣死了！」

她問自己，她是從小迷戀過棒球的人，看過太多的勝負，也早該是人生球場的老將啊，爲什麼還會因爲輸贏而痛苦？慢慢她才想明白，在球場上，無論她支持哪一個隊伍，一切都在衆目睽睽之下，一切都是、也必須是公平的。當有一天傳出球員作弊的消息時，球場上的觀衆馬上散去，再也沒有人要看了。在球場上，沒有人會接受這種事。

她一次又一次獨自來到中正紀念堂，和激情的群衆融合在一起，她終於痛快地讓眼淚湧出來。她置身在一群老榮民中間，覺得代替了爸爸站在這裡。她望著這些半生從戰亂裡走來，風燭殘年的老人，這很可能是他們最後一次深情的狂吼了，眼前的每一個叔叔伯伯，未來的幾年一個個都會像爸爸一樣離開，她難過的是，離開之前，他們的心都被深深刺傷了。

林志陽的肩上騎著親愛的小孩，身邊的妻不時檢視他有沒有把孩子扶好。他們剛剛看完紙風車劇團的兒童劇《孫悟空大戰牛魔王》，兒子樂得眼睛像兩枚彎月。這是一個快樂的星期六。

他們從地下階梯露出了地面，太陽出來了，仍穿著雨衣的人群手上搖晃著濕漉漉的國旗，有人上前遞一枝國旗給他，林志陽微感嫌惡地避開，兒子卻伸手接下了。兒子開心地隨人群搖晃國旗，這時如果取走他手裡的東西，他必定要號啕大哭。他尷尬地快步穿過人群，讓一個隨隊伍倒退的女人撞上了。他放下孩子，彎腰撿起兒子手上掉落的國旗，卻在混亂裡瞥見一張熟悉的臉。他撥開群衆向前擠進，那身影被濃濃的人群淹沒。妻跟上來口裡埋怨著：「幹嘛往人群裡頭擠啊！」

怎麼轉眼間她就不見了？匆忙間，只看到她一身白衣黑裙，眼眶裡含著淚水，神似她高中時的模樣。他一點也不意外她來這裡抗議。那年台北市長選舉，他挺扁，她挺趙，兩個人見面就吵嘴。但是他喜歡看她激辯之後，整個臉漲紅的模樣。

市長選舉完的一天，兩人在路上碰到了，她調侃他，「你心情一定很好喔？」他一臉茫然，「爲什麼？」「陳水扁當選啦！」他搖搖頭：「可是陳定南落選啊！」她一拳搥在他肩窩上，「很貪心喔！」兩人一路抬槓到中正紀念堂。這是他倆念高中時經常散步的地方，有些話，那時他總沒有勇氣說出口。她高中時就開始談戀愛了，第一個男朋友也是他們建中的，他聽她當笑話般地說，有一回說著說著竟大哭起來。上大學後，她再次的戀愛。多少次了？他總是聽，可是那個暑假，她就要去德州奧斯汀念書了。他說：「等我當完兵，也申請奧斯汀，去陪妳……」

她仰著頭看天空，「我好像看過一個作家說，從中正紀念堂的牌樓看天空，會覺得天空特別高……」

第二年，他去了美國東岸，在那裡認識了小他三歲的妻。她呢？她好嗎？結婚了嗎？有孩子嗎？

黎蕙老記得林志陽念國中的時候，總是邊走路邊背英文單字，她走在他後頭，不時惡作劇地喊一聲：「電線桿！」他假裝沒聽到。上了高中以後，兩人才眞的熟起來。周末的時候，林志陽會到她家等她，他們從東門市場沿信義路往大忠門走，就只是散步。黎蕙的父親會從後頭追出來：「不吃水果——！」黎蕙母親早逝，她爸父代母職，有時林志陽也在她家吃飯。他喊黎蕙的父親「老師」，小學五年級那年被他教過。那時他跟黎蕙同校不同班。他本來有點怕黎老師的，也就是一般好學生對老師的那種怕，後來見到他卻有些靦腆。那年蔣介石逝世，黎老師在課堂上講著自己隨軍來台的過程，突然激動地哽咽了。在那之後，他見到黎老師就有些莫名的尷尬。

黎老師一直挺喜歡他，從不介意他上他家找黎蕙。他們家對這種事看得很自然，黎蕙老么，她哥哥姊姊見到他就只是朝門裡喊一聲：「小蕙！志陽來了！」好像沒有人對他的性別有異議。反而是他家，母親知道他常往黎蕙家跑非常不以爲然，不完全是怕他交女朋友分心，母親說：「黎老師人是不錯啦，不過他們外省人太寵女孩子……」他啼笑皆非地打斷母親：「媽！黎蕙又沒有看上我！」母親更生氣了：「是爲什麼就看不上你？」黎蕙那時已經有男朋友了，是他建中的學長，被母親一激，他有種難言的苦澀。

黎蕙大學去了台南，林志陽在台大，總要到寒暑假才見得到面。見面時兩人仍然往中正紀念堂的路上散步，像監工似地，一年一年看著兩廳院興建的進度。兩廳院落成時，黎蕙已經在雜誌社工作了。林志陽去清大念研究所，他們家被收購改建成大樓，得到建商一大筆錢，到新店郊區買了獨棟的別墅。偶爾黎蕙打電話要他回台北，她常拿到兩廳院的公關票。

那天從音樂廳出來，他倆走到光華池，遠處有幾個人靜靜地壓腿、迴旋，正練著某種舞姿吧。黎蕙笑著說：「你看這個中正紀念堂跟兩廳院！」「怎樣？」「好像一邊在辦喪事，一邊在辦喜事！」黎蕙已經是社會人士了，他還是學生。黎蕙對許多事情變得激情，意見多，他卻淡然。

又過兩年，他倆走過中正紀念堂，黎蕙口口聲聲說的是學運的事。靜坐的人已散去，黎蕙卻還沒醒來。她進報社跑新聞，起初跑音樂，六四之後一位國樂唱片商把侯德建弄回台灣，在中正紀念堂前開了記者會。黎蕙在那次報導後轉調路線，改跑政治。「你知道嗎？國樂跟政治本來就是很接近的，從以前《黃河》被禁，到愈遜發這些人能來，哪樣跟政治沒關係？」黎蕙深吸一口氣說：「味道不一樣了！前陣子這邊有六千個大學生，你知道六千個大學生聚集在一起的氣味嗎？」林志陽說：「我上過成功嶺，怎麼會不知道！」

林志陽忙著考試，野百合的三月他已念完機械研究所，當了科技預官。科技預官役時間雖長，但輕鬆，那幾年裡，他像殺紅了眼，先是又去考個MBA，國內最強的幾個碩士班全部上榜，他選擇了政大，一邊念書，一邊又考上了高考。他連中小學教師資格也考，他說好玩，還去上了課，拿到了資格，被黎蕙罵得臭頭，「你占人家這個名額覺得好玩？你知道有多少人考試考得頭破血流！」林志陽是她見過最會考試的人。

當野百合的熱鬧過去，黎蕙惘惘然看著這座藍白相間的宮殿陵墓，學生們唱著台灣、曹族民謠的歌聲、「同胞們，我們怎能再容忍七百個皇帝的壓榨！」的布條，隱隱都還在風裡搖晃，她的愛情已經埋葬。那個從台中來的學生領袖，小她三歲的碩士生，回到了他的生活裡——儘管他的生活已全然被改變了。他們甚至連分手都沒有明說。當她在人群裡，迅速筆記著「校際會議決定繼續全學聯之組織工作……追求民主，永不懈怠……」遙望著人群裡他的側臉，那一刻她覺得自己看到的是舞台上的他。她遙遙以口型對他說「Bye」。學生們沒有回來。多年後她在另一個政治的舞台上看見昔日男友的臉，她忽然非常非常想念她的老朋友，想念她曾經問他：「爲什麼你只對讀書感興趣？」而他回答：「我這種人，才是這個社會堅實的基礎。」她困惑地想起林志陽說這話時的嚴肅表情。

那一年夏天，黎蕙厭倦了工作。出國去吧，她和林志陽站在大中至正的牌樓下，「我會很想念這個……墳墓還是公園——！」她笑出來。志陽問她打算出去念什麼，她聳聳肩，「其實不知道自己眞的想讀什麼，想做什麼，就是不知道才要出國想想。」她已經拿到奧斯汀大學的I-20。志陽說，「等我當完兵，也申請奧斯汀，去陪妳……」她仰頭看著天空，不敢低頭，她知道他正盯著她的臉。她覺得自己好像已經歷盡了滄桑。她的愛情總不長久，她默默想著：自己一定有什麼地方有問題？

林志陽終究沒去奧斯汀，他考取公費留學，申請了東部一所長春藤聯盟的大學。黎蕙並不意外，他們注定要錯開來。從高中的時候，她偷偷地喜歡著他，卻總聽他問起她們國中班上最漂亮的那個女生的事，她就知道他們錯開了。

回國這幾年裡，黎蕙寫了幾本書，卻都是別人的故事。她寫過女明星、畫家、棒球明星……她寫他們的悲欣故事，藉文字進入他們的靈魂。她是一名文字的靈媒。

他肩上頂著一個可愛的小男孩，身後一個女人喊著他。她轉身快步走進深深的人群，沒看清他的妻的長相。她害怕這一段時間累積的淚水會在他的面前決堤。她的前一段愛情已在半年前結束，她的爸爸走了，她反對的扁軍贏了，她快滿四十歲了……四十歲是不是一個交界點？所有的壞事都會在這個時候到來？四十歲以後的傷口，還能夠痊癒嗎？

遠看只大她四個月大的他，卻那麼平和。她一直羨慕他，好像打從小學認識他起，他一直就知道自己要做什麼、要什麼，那麼篤定。那必是與她DNA完全不同的另類人種吧？

但是那一天，他怎麼會跑到中正紀念堂來呢？他不是挺綠的嗎？何況即使當他們年輕時，野百合花盛開的年代，他也不曾對群衆運動感興趣啊。難道他改變了嗎？是兩顆子彈的威力？他眞的改變了嗎？

中正紀念堂是一塊藍白相間的回憶。林志陽還記得有一次黎蕙在雲漢池邊餵魚時，滑了一跤，差點跌進池子裡，他即時拉住了她。他常常想起，那時候爲什麼不乘勢握住她的手、親吻她呢？可她終究還是會離開吧！她總要去追求注定不能長久的激情。而他的家庭對他的要求無它，就只是一顆上進心而已。

他的人生，一切正處在最好的狀態。這半生，他努力過，衝刺過，念完了博士，等到了位子，今年剛滿四十歲，升上了副教授，擁有一個健康聰明的男孩，休閒時打打高爾夫、陪陪家人小孩。自我感覺良好，是的，一切都在最好的狀態。黎蕙現在怎麼樣了？那天她消瘦的臉頰上看得出疲憊。這些年來她過得好嗎？他知道只要上Google打上黎蕙兩個字，就能捕捉她的動態，她有一枝健筆，不可能停下來。想想，卻還是算了。曾經只要和她走在一起就有種幸福感，現在對他來說，幸福，是午夜裡一個人安靜地讀一本喜歡的書。

中正紀念堂對他的意義，就只是青春歲月裡唯一的浪漫。他想起那天啞然望著推擠而去的人群時，心隱隱地抽痛了一下。

心隱隱地抽痛了一下。午夜，靜靜回首自己的人生，他慌亂地把書闔上。

中正紀念堂的風特別大，特別冷冽，在這裡凍結的激情似散不散。想起志陽彎腰撿起國旗、詫異望著她的眼神，黎蕙的心頭溫柔地浮上單純至極的兩句詩：

郎騎竹馬來，繞床弄青梅。

電梯

　　電梯是一扇時光之門，走進電梯，按一個祕密按鈕，再走出電梯，就會到達想去的時光。小桐每一次走進電梯，總要默默環視整個電梯，緊密的四面八方，那個按鈕一定藏在哪裡，只有小孩子找得到，就像豆豆龍和小白點，只有小孩子才看得見。小桐已經九歲了，她要趕緊找到，再過四個月就是她的十歲生日，十歲以後她就長大，就再也找不到神祕按鈕了。

　　可是今天走進電梯，有一張紙條吸引了她的注意力，讓她無暇尋找神祕按鈕。那是一張白色A4紙，黑色簽字筆寫得滿滿，每個字她都認得：「小朋友，你把食物倒在我的鞋子裡，那雙鞋已經壞了，丟了，夠了嗎？請不要再把垃圾、食物丟到我們家門口，做一個好孩子！」她踮起腳尖，迅速把那張紙撕下來，塞進她的書包裡。然後抬頭察看電梯上方的四個角落，「叮！」十一樓到了，任務失敗，她還是沒有找到時光之門的按鈕。

她走進二〇〇七年十月十六日的家，家裡沒有半個人，媽媽還在阿嬤家吃飯，要她先回家洗澡。媽媽每天從安親班把她接回來，她們在阿嬤家吃了晚飯才回家。阿嬤家就在同一棟大樓的十四樓，以前大人從來不讓她自己一個人搭電梯，現在她長大了，媽媽會讓她自己先拿鑰匙回家，有時候也會讓她自己到一樓去丟垃圾。他們家廚房有兩個雙層垃圾筒，倒垃圾時除了寶特瓶是要捐給慈濟，其他要分成三袋來丟，很麻煩，媽媽把寶特瓶、便當盒丟棄之前甚至還要先沖洗。有一次小桐丟完了垃圾，發覺自己把鋁箔包和一般垃圾兩袋丟反了，可是社區的大垃圾桶太深了，她拿不回來，只好假裝不知道，不管了。

她從書包裡拿出剛才在電梯裡撕下來的紙條，那是大人寫的紙條。她把那紙條撕碎丟掉。

她拿出一堆的功課，每天都有一堆，在安親班做不完，因爲安親班的老師也會出功課，她只好帶回家繼續做。最討厭的是英文作業，她寫得很慢。有一次在課堂上，老師要他們抄單字，她一筆一筆畫著，全班都寫完了，只有她還沒抄完，老師就擦掉了，她急起來，向隔壁的李敏詩借來抄，李敏詩說：「妳是豬啊！」她一氣就把李敏詩的本子摔在地上。

她被老師罰站，眼淚一顆一顆滾下來。她討厭上英語課。剛轉學的時候，有一個老師測驗她的英語，這所學校的英語課採能力分班，小桐讀過雙語幼稚園，口語不錯，就被分在A班，其實她會說不會寫。

從前在幼稚園的英語課很快樂，那時小梧跟她在一起，老師最喜歡她們兩姊妹，常常努力分辨「妳是Emma？妳是Rita？」一猜錯，她倆就咯咯笑。她倆是同卵雙胞胎，連爸爸媽媽都常常分不清楚。

小梧被爸爸帶到上海去了。差不多一年半前，爸爸媽媽離婚了，小梧有了新媽媽、新弟弟，整個世界都變了。小桐很慶幸自己沒有換媽媽，也沒有再換房子。可是媽媽要她轉學去讀全美語私立小學，她每天要好早就起床。她問媽媽為什麼要轉學？媽媽說，她只有她一個小孩了，她要給她最好的，而且不能讓人覺得她沒有把她教好。

有一回媽媽肚子痛，她額頭滿滿的汗珠，小桐嚇壞了，跑到樓上找阿嬤。醫生說媽媽得了慢性盲腸炎要住院，但媽媽說她那幾天眞的不能請假，她公司好多事情一定要自己處理，不能交給別人。她忍著痛堅持回家。

小桐寫完功課已經快十二點了，趕緊鑽進被窩裡，明天一定又要爬不起來了。媽媽在客廳裡看電視還不睡，媽媽常常失眠，她說早睡也沒用，而且每天只有這個時間可以輕鬆一下，她有時看看書，有時看HBO電影台。

早上走出電梯的時候，看見一樓的老太太氣呼呼對每個經過的人說：「不知道是哪家的小孩，撈我水缸的魚！看！」她指著水缸邊的魚屍、被撈起的台灣萍蓬草、迷你睡蓮、龍骨瓣莕菜……那些水生植物現在像攪成一團的漁網，晾在乾地上。

媽媽只跟老太太點個頭，發出一聲嘆息便快步拉她走開，她們必須趕緊去開車才不會遲到。路上小桐告訴媽媽，「我知道是誰撈的。」她說是三樓那個也讀三年級的男生。媽媽不信，她說「小賓嗎？他很乖呀！」

「他們在拜魚。」

「什麼？」媽媽根本不知道小桐在說什麼。

那是男生自己跟她說的，他們把魚撈上來，然後玩一種拜死魚的活動。媽媽還是聽得有點迷惘，也許是因爲她現在的心思本來就迷惘。

拜魚，會得到更多能量，面對敵人時，會有更多滴血可用。大人不會明白。

英語課，老師問小桐火雞怎麼拼？她回答：「Turkey!」火雞是感恩節的食物，幼稚園老師教過。「怎麼拼？」小桐重複說：「Turkey!」「妳文盲啊？會說不會拼！」全班笑得好大聲。小桐眼淚一顆顆滴下來。

第三節課上課前，小桐向抽屜裡尋找數學課本。課本沾了油油的東西，是奶油麵包吃完的塑膠袋。又有人把垃圾放在她的抽屜裡。她向四周望出去，大部分同學都還沒進教室，教室裡，跟她說過幾次話的劉蘭心和長頭髮的蕭雅云頭靠得很近，在說著什麼。李敏詩和三個女生圍著看手機上的什麼東西。李振、楊寶迪都低著頭在Game Boy上奮戰。畢乃成靜靜讀著什麼書。陳鼎言在畫迷宮，兩個女生想看，被他喝斥：「妳們很煩耶！」……走廊上，有人的視線與她接觸……是導師。小桐無助地望著導師，她一點也無從判斷，是誰把垃圾放在她的抽屜裡，她奮力把快要流出來的眼淚逼回去。

媽媽來接小桐。導師請媽媽留步，她們站在走廊的一頭說著話。

走向停車場的路上，小桐問媽媽老師說什麼，媽媽只嘆口氣說：「妳不能老是用哭來解決問題啊！老師是沒說什麼，只是問我妳是不是從小就喜歡哭，我說沒有啊，妳們，妳，小時候乖得像天使！」

妳們，小桐聽到了這兩個字。以前別人對她說話，幾乎總是用這個複數人稱，「妳們叫什麼名字啊？」「妳們餓不餓？」「妳們鋼琴練了嗎？」「妳們功課寫了沒？」以前時時刻刻跟小梧在一起，從來沒有人敢欺侮她們！小梧現在呢？也會有人把垃圾放她抽屜之類的嗎？

幫阿嬤倒完垃圾，經過老太太的水缸，早晨缸邊的魚屍、睡蓮、萍蓬草都不見了，深深的魚缸空盪盪的。她朝三樓男生家的窗口望一眼，只看見一盆螃蟹蘭垂下了紅豔豔的花。整個大樓靜極了。

電梯裡白色A4紙又出現了，小桐快速把它撕下來、塞進書包。她的心怦怦地響，好像要跳出來。

才走出電梯，就聽見從一種溫柔的嗓音拉高而顯得急切的叫喊：「妹妹妳不要走！」

小桐快步跑回家門口，還來不及插鑰匙，隔壁阿姨已經跑過來了，拎著一隻鞋子，鞋子裡是滿滿的蛤蜊殼。「妹妹，我知道是妳放的，可不可以告訴阿姨妳爲什麼要這樣做？」小桐轉身就跑，「爲什麼要把垃圾放別人的鞋子裡？一定有原因，妳跟阿姨講，阿姨不會告訴妳媽媽……」電梯叮的一聲打開了，小桐躲進電梯。電梯！電梯！電梯是一扇時光之門，可以把人帶到想去的時光。「妹妹——」電梯門闔上，小桐心怦怦地跳，啊！找到了，祕密按鈕！找到了！小桐閉上眼睛，默默念出爸媽離婚的前一天：二〇〇六年、二月、八日！二〇〇六年、二月、八日……

忠孝東路

我跟隨著一個女人的腳步，從頂好名店城轉進小巷，走著走著，她的身影竟然在我視線中消失了。怎麼可能？我四下張望，下午三點的忠孝東路巷弄，出來吃食的人已經回去上班，逛街的人還沒出來，意外的安靜，人影卻無端從眼前消失了？迷惑著走回忠孝東路，留小鬍子的男人對我招了招手，我下意識地走開，不過幾步路，又一個精瘦的中年男子對我招手：「小姐，我給妳一個忠告……」不知道是從哪一年起？忠孝東路這一帶變成了算命師的遊牧地。我記得他們以前集中在重慶南路，是那裡出沒的人不再需要忠告了嗎？我盯著瘦男子看幾秒鐘，看他能給出什麼忠告，他倒意外的不說話了，也許是被我看得忘了台詞吧？看他愣住了，我卻產生一種憐憫，他彷彿回過神來：「小姐——」我坐了下來，不知道是出於同情，還是其實不想離開這一帶，想看看她是否會從巷子裡蹦出來？

我懷疑我跟蹤了一小段路的那個女人是我的親阿姨，惠子。

我曾遇過一個男人，他喜歡用「家族」這兩個字，當我偶然脫口對他說過我有個信了神祕宗教而後失蹤的阿姨時，他說：「妳的家族裡面，一定具有某種神祕傾向，所以會出現妳阿姨這種人。」

什麼叫做「這種人」？他的「家族」兩個字也令我不快。

我曾在雜誌上看到關於他的家族的報導，在他高祖父的時代，他家的土地有一隻鳥可飛的距離那麼遠，可是逐代敗下來了。不過殘留在他身上的家族優越感並未消失，譬如從他口中，他的母親、外祖母、阿姨……當年個個都是大稻埕第一大美人，我便問道：「那麼你媽媽跟你阿姨，誰才是第一呢？」他生氣不回答了。他家中若有什麼人具有某種才藝，他便說是遺傳自他的哪一位叔公，連他在感情上的放蕩也聲稱是遺傳自他的祖父。總之，他是一個遺傳學的最忠實信徒。

「家族」這樣的字眼使我困惑，我爸爸是孤兒，我曾問他我的祖母叫什麼名字？他說「趙氏」，他的母親沒有名字。我們笑他：「原來你就是趙氏孤兒啊！」我們在大陸雖有幾個零落的親戚，可我沒見過他們，也不覺得有什麼感情，連我爸爸自己也幾乎如此。我爸去過大陸一次，回來說他兄弟的幾個孩子現實的現實、不學好的不學好，我感覺不到他們的血液跟我們家的孩子有什麼共同性。

至於我母親那邊，小時候是比較親的，可是因爲窮，你不會聽到哪一戶窮人家開口閉口「我們家族如何如何……」我外公是個木匠。

我在他母親面前提起過外祖父的職業一次，忘了是爲什麼，當我說「這我知道，因爲我外公以前是做木的。」他母親的眼睛裡閃過驚奇，我大學主修鋼琴，以教琴爲業，她以爲我來自音樂世家。

我很想逗逗她，我想，我的性格裡有一種殘忍的誠實，明明只要不多說什麼，很容易裝模作樣，卻偏要去戳破它。我說：「舅舅也是木匠喲，只是他不好好幹，整天沉迷釣魚。」「我媽媽做家庭手工做了大半輩子……」她尷尬得連話都答不上來。就我知道他們家雖然是不比從前了，可是寡居的她，如果兒子們沒時間接送她出門，除了計程車之外她是什麼公車都不懂得坐的。她一輩子不曾工作，做塑膠花、穿電子、縫毛衣？那是她想像力之外的生活。

「小詠還有一個阿姨信了一種很奇怪的宗教，就跟他們家族脫離了。」那天我們坐在他家和室裡喝茶聊天，他忽然這麼打岔，他就是忘不掉我的阿姨！還好他母親津津樂道於茶藝，對「奇怪宗教」毫無興趣。然而我眞正沒說出口的是，從前外公家就住在這同一棟公寓，如果外公一家沒有搬走，跟男友家就是鄰居了。世事就有那麼巧！我第一次到他家時，簡直以爲他打聽到了什麼，故意跟我開玩笑，甚至他掏鑰匙開了門，我都還滿腹狐疑。

阿姨跟外公外婆搬走已好多年了。我最後一次見到惠子阿姨，距今已經十多年了，那是在母親的喪禮上，她遠遠在角落裡站著，很快就走了。只對我說了一句話：「妳媽媽這輩子命苦！」我聽了感覺不大舒坦，這好像是在指責我爸沒有給我媽幸福，還是兒女不孝。

諷刺的是，「惠子命苦！」才是我母親生前提起她的發語詞。

母親說惠子小時候得到大街小巷去賣油條，她是個自尊心很強的女孩子，總是在提著籃子回家之後偷偷地哭。我媽沒去賣油條是因爲她要負起挑水、起灶、煮飯等更沉重的工作。

國小畢業時我媽成績優異，家裡卻不讓升學，老師到家裡來說情，她躲在廚房口哭，眼睜睜地看著老師被禮貌而堅定地請出家門。母親畢業後去工廠做女工，十七歲就嫁了我爸，這個外省、吃公家飯的。

而阿姨惠子卻一路在我父母的供給下念到大學。高中念北一女，當過校儀隊。大學日間部考上一所私立大學，爲了不加重我父母的負擔，她選擇了台大夜間部，一上大學就開始半工半讀。

我還記得我很小的時候，家裡有時會來一個皮膚黑黝黝的男人，我叫他黑舅舅，那是惠子阿姨在大學裡交的男朋友，他是台大日間部的學長，不知怎麼認識的，阿姨連參加社團的時間都沒有。我依稀還有個殘留的印象，有一次我在巷子口見到他，興高采烈地說：「黑舅舅，我們家有養雞喲！」他向我眨一隻眼睛，表示「少蓋了，我才不信呢！」我牽著他的手到院子裡：「你看！」對著籠子裡的一窩小雞他也嚇一大跳，蹲下來看了好久。阿姨走出來，跟我們一起蹲在雞籠子前，三個人參禪似地默默注視籠裡的小雞。多年後，在高三時第一次有個男生握住我的手，從我手心裡，竟傳來了當年那窩淡黃色小雞的溫度。

黑舅舅家開建設公司，一直到現在，每當我讀報紙翻到財經版時，都還會莫名其妙地去瞄一下他們家公司的股價。黑舅舅當完兵就被家裡送出國深造了，他後來娶了一位銀行家的女兒。

黑舅舅出國時，我們家的那窩雞早就吃下肚裡不再養了，媽媽到鄰近的冷凍工廠上班，沒有時間照料雞了。那是我記憶裡惠子最消沉的一段時光，本來就苗條的她在兩個月裡消瘦六、七公斤，整張臉就剩下一對濃眉和哀愁的大眼睛。她大學畢業後本來教書，黑舅舅走了，暑假中她辭去教職，剪去及腰的烏黑長髮，回到她大學時代打工的公司去當董事長祕書。陸續我也看到過幾個「舅舅」，可是都是交往一段時間就忽然無疾而終。

我開始聽到大人們說是因爲惠子的顴骨高什麼的，每當進一步要論及婚嫁，對方的家庭就反對了，她「未來的婆婆們」從沒有一個滿意她。

我念初中時，惠子阿姨買了一部很拉風的白色雪佛蘭轎車。一個女人開著這樣的車在二十多年前是很招搖的，親友們紛紛傳說那車是惠子的老闆送給她的，惠子氣得大摔家具：「我辛辛苦苦工作這麼多年，買一部車又有什麼稀奇？」那時她已不做祕書了，在那家成衣公司升上了襄理。

阿姨帶我去過她的公司，她的同事們紛紛驚嘆，「長得眞像啊！」有人還打趣她：「不是妳偷生的吧？」我也有著較高的顴骨，但不知是不是還有點嬰兒肥，沒有阿姨那麼明顯，我的濃眉確是跟阿姨神似，個子國三就趕上阿姨了。姐妹中我的身材跟阿姨最相似，有一天我的鄰居問我：妳爲什麼都穿得那麼老氣？因爲我總穿阿姨淘汰給我的衣服。我學鋼琴時已經是國小四年級了，算是相當晚才起步，那是阿姨出錢，堅持要我學，沒想到我眞的就一路念了音樂。我是老么，阿姨最疼我，似乎疼得想要改造我的命運。我還記得高二時，有一次家政上烹飪課，老師示範擀蛋皮，她攤得又圓又薄又完整，許多同學大聲驚呼，我覺得太誇張了，「不就是攤蛋皮嗎？」我竟說出了口，家政老師抬頭迅速敏銳地瞄我一眼，沒說什麼。那學期我的家政課成績六十九分，除了我，全班沒有人低於八十分。即使媽媽幫我做了一條像模像樣的四片裙拿去交差也無濟於事。阿姨聽見此事，卻從鼻子裡哼了一聲：「六十九分又怎麼樣？妳本來就不是攤蛋皮的命！」

我舅舅的工作三天曬網兩天打魚的，那時奉養外公外婆的責任都在阿姨身上。她在忠孝東路四段的巷子裡買下一層公寓的頂樓。那時東區剛剛興起，從年年淹水的三重破落地區搬到這地段讓很多人眼紅，惠子的老闆要包養她的說法在親戚之間就更熾豔了。

阿姨最親的不是我外公外婆，反而是我媽。她手頭闊綽了，便老拖著我媽上館子。以前我媽總是說：「還是自己家做的好，外面的東西哪有那麼實在的料！」我已在念大學的大姊有一次就忍不住反駁她：「妳老說外面的東西不好不好，怎麼不出去吃吃看哩？」自從跟著惠子阿姨吃過一些館子，她回來再也不那麼說了。

還記得有一年過年，照說女兒初一是不能回娘家的，可是惠子阿姨發起嗔來，才吃完年夜飯，非要我媽回去打麻將，外公外婆也都讓她，只在一旁發笑：「妳大姊呐回來阮就用掃帚給伊掃出去！」那時哥哥姊姊都大了，我也上了高中，媽媽的擔子輕多了，樂得整天回娘家混。那兩年裡外婆家每個周末都熱鬧得很，經常打麻將通宵達旦。

我媽還是憂心惠子的婚事，會嘮叨她：「工作是不錯，也要存一點嫁妝錢，要是有人介紹就去看一看，眼光不要那麼高……」阿姨不知是煩亂還是無奈，低低地答一句：「現在誰還幫我相親呢！」

而後，惠子忽然迷上了算命，拖著我媽到處陪她去算，面相、手相、摸骨、八字、紫微……她並且自己買書研究。怪的是，那些算命先生倒沒提什麼「女人顴骨高，殺夫不用刀」之類的鬼話，卻幾乎每一個都說她是小老婆的命，阿姨不信邪，再去找更多的人算，做小的、做小的……各個都這樣說。

我大學時，有一次參加鋼琴比賽在台下遇到一位會算紫微的先生，他幫我排了命盤，我拿回家給我媽看，她勃然大怒：「以後不准再去算什麼命！」我伸伸舌頭：「只是碰巧遇到的嘛，又不是故意去找的……」「碰巧也不要算，妳阿姨這輩子就是算命算壞的！」

惠子阿姨對婚姻算是差不多絕望了，卻在這一年她遇到一個香港人，也是做生意的，往來於台灣、香港兩地。他個子比惠子還矮一點點，年紀也小她一歲，但是個性活潑，有點蹦蹦跳跳的。

我爸說他雖不是很莊重，看上去也比惠子年輕太多，不過人很誠懇。我媽是根本不覺得他有任何缺點，他能逗得大家樂呵呵的，「惠子從小吃苦，要是嫁給他不就好命了！」而且他十分「洋派」，對於什麼面相根本就不懂，在大家眼中，他簡直就是惠子最後的希望。惠子阿姨那一年已經三十六、七了。

卻在我們都不知道如何發生的情況下，惠子突然沉進一個在我們看來完全莫名其妙的宗教世界。這一回，惠子是主動跟男方分手的。香港仔跑到我們家來，反覆問我媽媽：到底爲什麼？媽媽什麼話也答不上來。

惠子阿姨每個周末往南部跑，男朋友沒有了，對工作也不再熱衷。但外婆家倒也不冷清，突然變成了教友的聚會所。

媽媽去看惠子，回來說她每天都在練一種很特別的打坐，打坐一段時間之後身體會不由自主地跳動，聽說打坐完，全身感覺無比的舒暢。她要我媽也試試，我爸知道後就不太高興我媽再往娘家跑。

有一回我們一起去給阿公做生日，大家正熱鬧著，阿姨卻一個人躲進房間裡，因爲打坐時間到了。衆人走後，我爸試圖對她曉以大義，她眼神閃著光采：「說了你們也不懂，打坐的時候，我的心裡會浮現好美的詩句。」而我那毫不風雅的父親卻說：「那可以當飯吃嗎？」

「你沒有福氣！」我外婆突然從一旁打斷，把我爸的話給堵了回去。看來外公、外婆對於惠子的宗教也是支持的，而我爸則說那是因爲他們在經濟上已經依賴惠子習慣了。

「他們是給她下藥還是用什麼迷魂術？怎麼一個台大畢業的知識分子

會去相信那樣的邪教？」每當我爸這麼說時我媽便生起悶氣：「你怎麼知道那一定是邪教，惠子會相信一定有她的道理。」「有什麼道理？好好的女孩子，不是那個教，惠子跟香港仔現在說不定都已經結婚了！」「誰說女人就一定要結婚？」我媽忽然這麼嚷嚷，連我們都嚇一跳。

我感興趣的卻是惠子阿姨在打坐之後腦子裡竟然會產生美好的詩句，那是什麼樣的打坐？我後來看過他們打坐，一屋子的人身體跳動起來，那感覺很恐怖，並沒有半分詩意。我外公、外婆也跟著打坐，但是「跳」不起來，正在努力學呢。

那宗教像一般民間宗教一樣，燒香、拜各式各樣的神，而中心的主宰，就是天。天雖然看不到，但是教主能通達於天，所以大家就敬稱他爲「天」。他的指示，大家都說是「天」的指示。

惠子阿姨辭掉工作，帶著外公、外婆，還有舅舅一家搬到六龜鄉下投奔教主「天」的那一年，母親恰好病了。媽媽摸到乳房上的硬塊去醫院做了化驗，醫生說要等幾天結果才會出來，剛好阿姨邀她一起南下，她便跟去看看。那一年我高二升高三，正在拚聯考。

媽媽跟下去沒幾天就被爸爸急如星火地找回來。不是因爲那宗教，是因爲母親的切片化驗出來，是惡性瘤，並且已經第三期了，但爸沒讓我知道，後來想到這，其實那時我已經不小了。母親立刻動了手術，接著做放射治療，頭髮全部掉光了。而這期間，阿姨、外公、外婆、舅舅都不曾來探視。

我不確知是因爲病，還是母親在鄉下看到了什麼，總之她幾乎不談惠子在六龜的事。我在病床邊找話聊，問母親他們住四合院房子嗎？她搖頭：「住透天洋房，比我們住的還要好！」他們以什麼營生呢？靠教徒捐獻嗎？母親只淡淡地說那教主有一大片果園，並且還做生意，在南部公司規模不小，「大概是看上惠子的商業才幹吧！」然後便不再回答我的問題。

手術完沒多久，母親很快就回復日常的忙碌，什麼家事也不要別人插手，好像不曾病過一般。半年後，外公突然帶著一口行李箱來到我家，他一見到我母親就嗚嗚嗚地哭著說：「惠子給人家做了小！」母親低低地跟大姊說了一句：「早知道有這麼一天，寧願當初跟了她老闆算了！」又忽然說：「讀那麼多書有什麼用！」大姊在台大外文系念研究所，愣愣地不知道怎麼接話。阿公跟我們住，但是整個人變呆傻了，再不像從前大嗓門罵人，甚至怎麼逗他都不大肯說話，像是受過極大的打擊。

媽媽的病撐不過三年就走了。同一年，阿公也忽然驗出了肺癌，不到半年就撒手。

後來有時吃酒席時，鄰居們總喜歡打探惠子，我們一問三不知，鄰居阿姨們便重複著這樣的評語：「沒有良心！妳媽當初那麼疼她，連出殯都沒有來！」其實阿姨有來的。她丟下一句：「妳媽媽這輩子命苦！」就匆匆離開。什麼才是「苦」呢？我有好多問題想問阿姨，妳過得好嗎？外婆呢？難道都不想念我們嗎？……究竟爲什麼選擇那樣的人生？

然而外公過世的時候，阿姨眞的沒有來，連外婆也沒來，對這一點我爸氣得不得了：「什麼樣的宗教可以讓人六親不認，連自己爸爸、丈夫都不要了？」我猜想外公離開她們「逃」回台北時，必定發生過很激烈的爭執或是極難堪的場面吧。對於惠子，外公和母親有著完全一樣的沉默。

媽媽和外公前後腳離開人世，惠子阿姨跟我們家等於完全脫離干係，家裡再有大事，譬如哥哥姊姊們的婚禮，她當然是都不會來了，我不曾再看過惠子阿姨。舅舅聽說早脫離那個宗教，卻已不知所蹤。這麼多年過去，父親也在前年過世了，我懷疑外婆是否還在人世？我算不出她的年齡。每每在報上看到南部鄉間某異教一夫多妻、某教派集體自殺、某教派不讓教徒孩子們接受義務教育，教徒中甚而有科技新貴、高學歷者等等聳動的新聞……都會激起去探訪的心，卻不曾付諸行動。

那年偶然跟男友提起過有這麼一個阿姨，他竟感到興味盎然，提議「我陪妳去南部找她看看怎麼樣？」我不睬他，他便說：「妳怎麼不像妳阿姨？一點好奇心都沒有！」阿姨是我心中一個始終難解的謎團，但我沒辦法接受男友那種探奇的口吻。又或許我其實並不想弄清楚。

我和那男友後來分手了，在我發現他同時追求我們班的第一把小提琴手之後。那年，我瘦成了阿姨的模樣，我神似阿姨的顴骨，把我的挫敗感完全暴露了出來。

父親過世後，哥想把房子翻新，我回去整理舊物時，翻出櫥子裡塞著的惠子阿姨大學時代的舊書。不可思議地竟翻出了六、七本筆記，裡邊全部是詩，端端正正的鋼筆小字已經有點兒湮開了。我從來沒有把從商的惠子阿姨，跟我所認爲的文藝少女的形象聯想在一起過，這類近於阿姨後來打坐時萌生的世界嗎？

有些詩，看來是寫在跟黑舅舅分手之後。我咀嚼著那些詩裡的意象，雪山、荒徑、斷橋、黑色泥漿、裸露的河床……這些詞彙，怎麼說呢？有些詩，不停地寫著馬戲團裡的東西，鋼索、單輪車、火圈、飛刀、空中飛人……好奇怪，我後來有時改口對人說，我的阿姨，跟著一個馬戲團走了。

在我幾乎遺忘這世間仍有這個阿姨存在的這個午後，我休一天假，吃過鼎泰豐，走過頂好、二手名牌店、指甲彩繪小鋪，走過巫毒娃娃的小攤，我隨手拿起一個眉毛畫得很濃的巫毒娃娃，忽然一陣顫慄，急急放下。下一個攤販讓我眼睛一亮，我在那攤前駐足良久，那不是衣服、首飾、皮包，竟是一顆顆大番茄、紅黃綠色的青椒、南瓜成列排放，那樣鮮豔，彷彿一項前衛裝置展，讓視覺燃起一種喜悅，不可思議的忠孝東路呀！我的心，明朗了起來。下午四點，我必須到醫院報到，我傳承了跟媽媽一樣的病，乳癌。三年前超音波發現腫瘤，切片結果出來時，我看著醫師熟練地在一張紙上畫出乳房的形狀、標出病灶，對我說明病情，他語帶責備：「妳早就該來檢驗！妳的家族有這樣的病史……」我茫茫然咀嚼「家族」兩個字，不知怎麼竟連帶想起了那分手多年的男友。當年在他家和室裡，他說著「小詠還有一個阿姨信了一種很奇怪的宗教，就跟他們家族脫離了……」那泡著茶、儀式繁複的畫面仍舊鮮明。

家族，遺傳的災難，災難的遺傳？

我和媽媽一樣，極平靜地接受。不同的是，我已度過手術後的第三年。三年了，上週做了一連串的檢查，胸部X光、乳房攝影、乳房超音波、血液、腹部超音波……像學生考試，今天結果會揭曉，告訴我有沒有復發……

「妳不會有正常的婚姻，不會有小孩！」

「什麼？」我被這話嚇了一跳，回過神來看著眼前這個精瘦的男人，他語重心長地說：「妳的感情總是無疾而終對不對？」

「我……」

「妳想知道妳的感情會不會有結果，」天知道，我只想看我的醫院檢查結果！

「妳會有錢，一輩子不愁吃穿，可是……」

反感起來，我說：「做小的命，是不是？」

他一時語塞，坦白說，就一個算命師而言，他的口才、反應力實在都不怎麼高明。不過他真的很努力，打起精神像一個敬業的保險推銷員，即使明知對方不想買這個產品，仍然要把他所受的訓練、必須說的話說完，「……命雖然是注定的，運卻可以改，看妳懂不懂得掌握機會，」我知道，他的免費忠告已經說完了，接下來就是提出改進方案，要談價碼了。我先開口吧，「要多少錢呢？」都坐那麼久了，好像總要給人家一點錢吧。他像是被我的爽快打亂了程序，想了想才說：「平常我的紅包至少是六千，不過……」開玩笑！我打開小錢包給他看，裡面只有一張千元大鈔。其實我的錢都在皮夾裡，當然他不知道。

他顯得非常意外，嘆口氣，「就一千塊吧！結個緣。妳是一個很特別的女人——」沒等我表示可否，他已經拿出筆來在一張紅紙上記錄重點了，我茫然聽他說著床要移成什麼方位，床墊底下鋪什麼紅布，床頭放什麼水晶，要拜綠度母還是咕嚕咕咧佛母……

當他把紅紙遞給我時，我掏出那張剛才秀給他看過的千元大鈔，也許對於自己對他所做的努力表現得心不在焉、不夠尊重而隱隱感到些微的抱歉吧。然後我快速把紅紙對折再對折塞進口袋，沒聽他講完最後的場面話就急急離開，奔向我剛來的那條巷子。我又看見了惠子阿姨，這回我一定要追上她……

我走到一家尼泊爾店，啊，我那些手染的棉麻衣物早都送人了，不然就丟進舊衣回收箱了呀……轉角是西藏屋……這是我周末的尋寶之地，不對，這些店，分明是賣日貨、韓貨的小飾品，這一家，下午不是擺滿了**Anna Sui**的小錢包和背心嗎？我在這家西藏屋裡買過一個銅金戒指，上面鏤刻著梵文，有好幾年我每回出國時總要戴上它，雖然我根本不知道上頭刻的是什麼，卻覺得它給我一種神祕的安全感。只是那枚戒指也已經不知道丟到哪兒去了，不對，那是快二十年前的事啦！這裡怎麼回事？阿姨呢？我剛才聽著那算命師的嘮叨時，分明眞的看到了她的臉，那濃眉、大眼、烏黑的長髮……不對，阿姨應該幾歲了？我怎麼錯亂了？這是什麼地方？這是二十年前的忠孝東路啊！我迷惘地東轉西轉，竟走不出這些巷子……

我走到了這一棟公寓前，是了，就是這裡。我聽見了喧鬧，聽見麻將清脆的撞擊聲，聽見媽媽被阿姨搔癢歇斯底里的笑聲……聽見茱兒・芭莉摩唱的「Way Back Into Love」……不對，這是我的手機鈴聲……我在哪裡啊？把手伸進口袋，我摸到剛才算命師給我的紅紙。惠子阿姨也曾經從算命者手中接過一張又一張這種命運的符咒啊……「All I want to do is find a way back into love……」

接起手機，眼前那公寓大門霍然打開，我急急轉身，走了十幾步才敢回頭，那是一個中年男人的側影，表情有點憤世……心臟一陣狂跳，他，已經是一個沮喪中年人的樣子了啊？不，我想，那並不是我認得的人。可我真的能認得嗎？在十多年之後？又或者我已回到當年的公寓前？他還年輕，有一張過於自信的臉……手機裡傳來反覆的喂喂喂喂——

是我老公，他的聲音有點兒急切：「妳去看報告了沒？」

美體小舖

她們叫她菲比，因爲她高挑的個子，善良、開朗又有點傻勁的個性，都像極了紐約影集《六人行》裡的菲比，並且，她也是一名芳香治療按摩師。她獨力開設一家美容工作坊，取名「美體小舖」，雖然這名字已經被知名標榜天然的化妝品連鎖店使用了，她覺得自己所做的更符合這個名稱，因爲她的重點不在販售商品，而是以她的雙手，爲顧客重塑美體，何況那也眞的只是一個小小的店舖。她想反正這樣一家小小的個人工作室，大公司未必會注意。

菲比的美體小舖可以爲妳從頭到腳做全身的保養。做臉是最基礎的，現在風氣盛了，不像多年前菲比決定學習美容這一行時，母親說：「妳已經有一張臉了，爲什麼還要學做臉？」有些顧客固定每週來做一次臉，菲比會順便幫妳修眉毛，把妳的臉打理得神清氣爽。也有做全套的，加上身體的按摩SPA。菲比的音響永遠固定在FM99.7愛樂電台，她的手指猶如撫琴般極有節奏地為妳梳理全身的肌膚脈絡。如果妳有時間，她會建議妳到浴室裡泡個澡。如果妳憂傷，她會為妳滴上幾滴甘甜清涼、讓心情愉悅的迷迭香精油。如果妳疲憊，她會給妳保濕、修護、回復青春的玫瑰。如果妳失眠，她給妳舒眠、安定的薰衣草。如果妳神經緊張，她給妳身心放鬆的綠茶精油……

菲比不只是個美容師，更是一名心理治療師。按摩的時候，她總是靜靜聆聽妳的苦水，就像個專業心理醫師那樣地聽。譬如徐小姐，她是永遠帶著黑莓機、筆記型電腦的飛行遊牧族，經常風塵僕僕地說：「我剛從香港回來……」「我剛從溫哥華回來……」她不是空姐，卻有著跟空姐一樣的困擾，皮膚長時間在機艙中受難，身體在不斷轉換的時差裡折損。孩子跟菲傭、婆婆、丈夫都比跟她親。她是一名開疆闢土的無國界經理人，行遍天下大都會與人溝通沒有隔閡，唯獨在她的家裡，總有難以跨越的國界。

譬如豔麗的劉小姐，已經逼近四十了，一次一次被親友策畫的相親，讓她愈來愈覺得被羞辱，並不是相親這件事羞辱人，而是對象！那些不是頭禿了就是肚子凸了、言語乏味又口臭的男人們，讓她愈來愈堅信女人是比較高等的人種。她說叔本華以「矮小、窄肩、肥臀、短腿」來形容女人的外形，他居然不知道女人的腿天生的比例是較男人長的？她說男人對美不會有真實深刻的感受，除了同志，可是她又不能去愛一個同志！

譬如不到三十歲的小余，每個月的薪水只夠付銀行信用卡的循環利息，可是還是要來做臉！她說做臉就像抽鴉片一樣，每個禮拜都需要鎮靜。她最近剪掉了七張卡，只保留兩張，一張一〇一，一張SOGO卡，她說：「當我感到巨大壓力的時候，還是需要宣洩的出口！」

譬如剛進入更年期的魏姐，跟丈夫離異三年了，除了已成年的子女，她所有的同事朋友都不知道，她仍是人們眼中好命安穩的女人。她的丈夫已經另築新巢，她開始真正嘗受空巢的危機；在經常莫名失眠的午夜，研讀紫微斗數講義，確認生命轉折的驗證。……

……這些事，只有菲比都知道。菲比聽妳說，給妳安慰，以溫柔的指端，猶如對待嬰孩般的觸撫讓妳平靜。也許有心酸的眼淚靜靜滑到耳際，菲比不著痕跡地爲妳拭去。

菲比的工作室在熱鬧都市裡一處僻靜的角落，老舊公寓加蓋的頂樓，沒有招牌，只有門上一塊木頭牌子寫著「美體小舖」。白天，整棟樓的鄰居幾乎都去上班上學，像廢墟一般。

黎蕙爬上五樓，來到美體小舖門前，這是一位退隱的女明星推薦給她的。女明星曾是黎蕙筆下的傳主，因爲介入別人的家庭，被「踢爆」曾經整型，在觀念仍守舊的十六、七年前引發議論。淡出舞台後的人生，大半在對抗地心引力——不僅是臉頰的肌膚、尖挺的雙乳，還有自己每站在高處便油然而生的一躍而下的慾望。黎蕙聞說菲比的工作室能使人全然放鬆，她已經幾乎一整個月無法入睡。她的父親在三二〇大選的前幾天平靜離世，五天後發生三一九槍擊案，全島陷入不平靜的動盪，她的心在悲傷與悲憤之間擺盪。她爬上五樓，疑惑在這樣一個老公寓裡怎能生存著如此時尚的行業。美體小舖門一開，聽見小約翰史特勞斯的圓舞曲，聞見佛手柑微酸的甜香，看見菲比的臉。「妳眞的很像《六人行》裡的Phoebe！」黎蕙說。

菲比爲她做了全身的SPA，然後在浴室裡放好熱水，滴幾滴薰衣草精油，取出一個番茄形狀的計時器，倒轉二十五分鐘，督促黎蕙：「進去吧！泡個澡妳會很舒服的。」黎蕙站在浴室門口：「是木桶耶！」「妳試試看，這種木桶更適合東方女人的體型。」黎蕙掩上門，拿掉身上的大毛巾，坐進木桶之中。嬌小的黎蕙在大木桶中卻可微曲雙腳安坐著泡澡，是比家裡的長形浴缸舒適，一般的大浴缸反而讓身體沒有著力點，如果坐著水又太淺。她閉上眼，聽著計時器滴答滴答滴答滴答……竟而睡著了！

黎蕙每週都到菲比美體小舖來，在這裡她每次泡澡都睡著，都在計時器的鈴聲中醒來。這段時間，她不是失眠就是作惡夢，她的一位好友在山上自縊結束生命，那是父親離世、槍擊案之後，對她第三度的震撼，她有時夢見自己的脖子套上環扣，在近乎窒息中咳嗆著醒來。她喜歡在菲比的工作室裡睡著，那短短的二十分鐘，清夢也沒有。她喜歡在氤氳的霧氣中醒來，有人在一旁隔著門跟她說話。她想著，也許眞該隨便找一個人嫁了?只要醒來的時候，身邊有一個人，對她說什麼都好。她想起失聯許久青梅竹馬的好友，前陣子在人群中瞥見他，帶著一個三、四歲的幼兒。而她，一無所有。

菲比總把大毛巾折好放在木盆邊的板凳上，黎蕙一出浴就能裹上，如果下一個客人還沒到，她們會隔著門閒話家常。黎蕙把自己這段時間的悲傷都說盡了。

她一邊擦著菲比爲她準備的身體乳，一邊聽著菲比對她的提問。菲比平常總是聽，很少主動說自己，更不會提問題。菲比是聽到她的工作主要是爲人代筆寫書，黎蕙說就是「影子作家」，才知道世上有這種行業，

「黎蕙妳是念文學的嗎?」「是啊!」「那我想請教妳!」

菲比請教的問題是,魯迅有一篇小說〈肥皂〉,裡面那個噁心的老男人向人說起一個討飯的叫化女,「你只要去買兩塊肥皂來,咯支咯支遍身洗一洗,好得很哩!」「那書裡反覆的說用肥皂咯支咯支遍身洗一洗,肥皂怎麼會發出咯支咯支的聲音呢?」

這是什麼問題?黎蕙想了想,讀這篇小說是八百年前的事了!大二那年從美國威斯康辛來了一位年輕的女老師,在台灣客座一年,大概是順便蒐集論文資料吧,她是台灣出去的,但作風洋派,教法也新,鼓勵學生開口討論,腦力激盪,一門短篇分析課,兩週下來,一堆大二的全嚇得退選了,只剩下十幾個程度較好的大三、大四學姊,大二生除了黎蕙還有個外文系男孩。那時講到魯迅的這篇〈肥皂〉,這唯一的男生就成了大家調侃的對象,指定他來報告——男人這是什麼心態!黎蕙跟他算談得來的,偶爾也約出來吃飯看電影談小說,可是這男生對她好像並不真的來電,後來她才弄明白,他其實愛戀的是短篇分析老師,他找她,跟她在一起,也許是潛意識把這門課的感覺延長。黎蕙在情感上早熟，比他自己更先看出他的心。她的思緒被菲比沖洗木桶的聲響拉回來，唉天寶遺事了！那男孩到哪兒去了呢？她說：「也許那形容的並不是聲音，只是一個動作？」黎蕙也迷糊了，那篇小說的內容其實早忘光了。

「動作？咯支咯支是什麼動作？」菲比怎麼想咯支咯支都該只是形容聲音。

「爲什麼對這個小說這麼感興趣？」

菲比靦腆地搖頭，「是對肥皀感興趣。」她拉著黎蕙的手，走到保養品展示櫃前，拉開布簾遮蓋住的最上一層，那兒陳列了各式各樣的肥皀，**Nesti Dante**的純手工皀、香草小鎭精油皀，鑲嵌玫瑰、葡萄、扇貝的精油皀，**DL**手工切片香草皀，**Lush**的「起士」、「蛋糕」、「杏仁餅」，美體小舖的沐浴球……她隨手拿出一個無尾熊造型的肥皀：「妳看，茶樹精油皀，在雪梨買的。」「這塊資生堂蜂蜜香皀，保存二十年了。」黎蕙好玩地拿起來嗅一嗅，還很香，菲比說這是母親的味道，黎蕙茫然，她幼年時母親就過世了，她是父親帶大的。

「我收集肥皂，有一次無意間翻到魯迅有這麼一篇小說，就拿來看了。」

其實不是無意間，菲比也讀過一點小說，《BJ的單身日記》什麼的，從來不曾想過去翻魯迅，她只有高職畢業。那是一個男人遺留在她房裡的一本書，那個男人現在在天涯海角什麼地方？她不知道。按照其他親友的說法，他「遺棄」了菲比母女，但菲比沒有用過這樣的字眼。

菲比的男人手邊倒經常是在讀書的，他如錯生時代的士人，並且是不求功名的士。他的求學紀錄、戀愛紀錄都輝煌，讀過多所中學、大學，從未畢業，他拿到的文憑只有國中畢業，其餘一概肄業。他的愛情也一再肄業，休學轉學，直到碰見一個令他心慌的女人，而同時遇見了餐廳服務生菲比。他在一客西餐未品嚐完之前，就把菲比引誘到餐廳的頂樓親吻她。他很快地得到她。有一天，菲比懷孕了，無奈地告訴他：「拿掉算了！我沒有生小孩的準備。」他卻有了奇異的堅持，堅持菲比把孩子生下來。他說：「我們結婚吧！」菲比看出他並不愛她，卻沒有看出他是以奉子成婚來逃避那令他心慌的愛。她以爲他是對生命負責，嫁給了他，生下了小孩，原來孩子對他而言，也如同他一個一個未完成的學業。那個令他心慌的女人遠走異國，而他，持續與數不完的女人邂逅。他說：「我從不追女人。」他只是邂逅女人。

那時他年輕，頂著名校肄業的說法還能求職，大公司會以栽培的心態等待他半工半讀拿到文憑。他總在工作量、責任漸增之後灑脫去職，且很快地謀得更高的職位，如此循環幾年，有一天忽然發現，他找不到工作了。他仍然邂逅女人，用菲比賺的錢。有一天，他忽然消失了。他結婚時與菲比同住並沒有搬進太多的東西，有時天冷需添衣，會告訴菲比：「我回我媽那拿衣服。」這一次他卻沒有再回到菲比身邊。菲比向他的家人詢問，沒有人知道他去了哪裡，或者知道而不告訴她？老天，她跟他的家人從來就不熟！

菲比的丈夫從人間蒸發了，她覺得他只是去了某處，他的家人不告訴她，他們從來就看不起她。那是一個醫生家族，這一代堂兄弟中有外科、家醫、牙醫、整型醫師，姊姊是婦產科醫師，唯有他例外，他讀過外文、哲學、歷史，不讀醫。但也或許因爲出身醫生世家，他心態上才能作爲一個錯生時代不求功名的士。

他留在菲比身邊的只有幾件衣服，一小箱書和一個女兒。菲比翻閱那箱書，其中有一本簡體字版的魯迅短篇小說集。她吃力地讀著其中〈肥皂〉那篇小說，產生單純的困惑：用肥皂洗澡爲什麼會咯支咯支的呢？

「菲比妳很科學喔！」黎蕙笑說，「我們以前讀這篇小說，討論的好像就是魯迅的諷刺藝術啦，假道學的虛僞啦什麼的，沒有想過用肥皂洗澡爲什麼會咯支咯支！」菲比失望地說，「我不懂什麼諷刺，書裡面那個男人的老婆吃那個叫化女的醋，可是第二天那肥皂的泡沫就像大螃蟹嘴上的水泡一樣、高高堆在她的兩個耳朵後。那個結尾讓我不舒服。」菲比說，她從小就喜歡香皂，才會珍惜地把媽媽給她的資生堂蜂蜜香皂、蜜絲佛陀翠玉美容香皂保存下來，慢慢地就開始蒐集香皂，「香皂是乾乾淨淨的，不是慾望的東西。」菲比又想起她的丈夫，事實上從結婚後，丈夫就再也沒有碰過她。丈夫只跟邂逅的女人做愛。她跟他擁有過美好的結合，她還記得他做那件事的認眞表情，那是他最負責任的時刻。完事後，她到浴室沖澡，他要求她把門打開，讓他看她的身體。菲比身上敷著雪一般的肥皂沫，顫巍巍拉開浴室門，他蹲著，仰頭凝視她的胴體說：「妳眞的很美！」她沒有辦法恨他，他其實是一個溫柔的男人，他對她始終是溫柔的。菲比相信他總有一天會回來，她告訴六歲的女兒：「爸爸去很遠的地方工作，等妳長大一點，他就回來了。」

出事的那天，一早菲比就覺得頭暈。菲比身體向來不錯，做臉、按摩是件勞力的工作，剛開始做這行時她曾玩笑地對妹妹說，幫有些胖女人按身體，感覺好像在揉麵糰，簡直揉不動，現在她已練出粗壯的手臂；而整天站著工作，也變得很有耐力。大概是感冒了，菲比很少感冒，以前還沒換ＩＣ健保卡時她經常Ａ卡都用不完。這一天，她頭重重的，腳輕飄飄的。她把女兒送到學校之後搖搖晃晃地爬上五樓工作室。

她點了精油，讓自己鎮靜下來，然後拿出電話簿，把當天所有的預約全部取消。有的客戶手機沒開，只好留言。休息一下，她必須去看醫生，菲比忽然感到寂寞，想到自己沒有任何人能夠依靠。她本來是要去熄滅精油的，卻倒了下來，把擺放精油的小茶几整個推倒，倒向前面的保養品展示櫃。她暈了過去。

黎蕙沒有接到電話，她根本忘了開手機，當她來到菲比的公寓時，愈往上爬愈感到不對勁，空氣中有種奇異的、煙燻的芬芳。黎蕙警覺不對勁，拿出手機，等待開機的片刻，她的指頭抖個不停。

菲比睡著，除了輕微的嗆傷和擦傷，她奇蹟地完好無恙。但是工作室毀了大半，即使沒燒著的部分，也燻出黑黑的一層灰。菲比的不少客戶聞風而來，有人說，因爲菲比人太好，老天保佑，所以那天黎蕙忘了開手機，來做了她的守護天使。有人爲菲比的經濟狀況擔憂起來，她們隱約知道她是單親媽媽，很辛苦的，這下工作室毀了，損失慘重。有人提議大家先預付半年的費用，讓菲比度過難關。然後菲比的妹妹說起了遺棄她們母女的那個男人。她們原以爲菲比是離婚或喪偶，這年頭也不算什麼，可是那男人卻是不告而別，就令人覺得斯可忍孰不可忍。衆人很快地達到一種同仇敵愾的共識。

菲比醒來了，覺得咽喉乾痛。她知道自己暈倒了，差點闖了大禍，她很感激那麼多朋友來看她，是的，她們不只是客戶，更是她的朋友。她想起自己倒下以後，幾乎是立刻就恢復了知覺，可是全身酸軟，她聽著火延燒開來的聲響、急促的按鈴聲。一定是黎蕙，黎蕙個性急，如果按一次菲比沒立刻應門，她總是叮噹叮噹猛按，「不要急，放輕鬆！」這是菲比最常對黎蕙說的一句話，那一刻聽見急切的門鈴卻是最寶貴的聲響，她眼前黑黑的，全身好像只有聽覺活著……她聽見咯支咯支的聲音……

她的目光尋找黎蕙。黎蕙站在隔簾旁，正跟菲比的妹妹窸窸窣窣聊著。菲比艱難地從喉嚨發出聲音，她對著黎蕙說：「我的肥皂全燒掉了！」「什麼？」「我聽見咯支咯支的聲音了……」她帶著莫測高深的笑容。她早說過肥皂是乾乾淨淨的，燒了乾淨！她決定不再等待她的丈夫，她決定要像計時器一樣，把生命歸零，重新開始。

「菲比在說什麼？」

黎蕙說：「她在說魯迅的小說……」

都火災了還在講小說？眾人說：「菲比不愧就是菲比！」

牙醫診所

DD：我從診所窗外數，十四個病人在等候，當年那個玩世不恭的大男孩，戴著口罩彎腰幫病人看牙齒，他的太太守在櫃台後。我覺得這是人間最悲傷的事。

黎蕙有一口讓她傷腦筋的牙齒，前排兩顆稍外突的小虎牙，小時候被讚美好可愛，大學時流行中森明菜，她只要剪個蓋到眉毛的留海，不必打扮就時髦，可是現在，只要坐上牙醫椅，總會聽到這樣的問題：考不考慮矯正牙齒？看過一些明明已經坐三望四的女生戴牙套，像突然裝小二十歲，她老要起雞皮疙瘩，牙套是青少年的玩意，她才不戴。當然她的牙齒問題還不只於此，有一回沒長出來的智齒居然在牙齦裡發炎了，醫師沒給她太多考慮的時間，強烈建議她拔掉。她拔了，醫師又告訴她另外一顆沒長出來的智齒最好也做預防性拔除，才不會做怪。她說好，下次來拔，然後祈禱她的牙齒永遠不出問題，不必再走進牙醫診所。

牙醫師會算命。他們端詳你的牙齒，然後下判斷：你喜歡啃堅硬的東西，你菸抽得太兇，你喜歡喝茶、咖啡，你怕吃酸的甜的……鐵口直斷，口吻比算命的都篤定，你絕無反駁的餘地，命理就寫在你的三十二顆牙齒上。黎蕙每一次進牙醫診所就會被評斷一次：「喜歡喝咖啡噢？」她的下排門牙間明顯的齒垢不要半年就會出現，讓她無論有多痛恨坐上牙醫椅，爲了愛美還是得乖乖地走進牙醫診所。

爲了怕醫師拔她的智齒，黎蕙決定換一家齒科洗牙，她實在喝咖啡喝得太兇了，星巴克咖啡漲價，她覺得好像有人扣她的版稅一樣！好友DD介紹她去一家民生東路的牙醫診所，DD說，那牙醫師技術高超長得又帥。

走進診所，瞄一下人滿爲患的等候區，黎蕙立刻就想打退堂鼓，轉身時聽見背後有人喊：「黎蕙！」她回頭，發覺正忙著的牙醫師抬起頭來盯著她看，但不是他喊她，喊她的是個女人，黎蕙張望一下，沙發角落坐著一個長髮披肩的年輕女子，那是一個出版社的編輯，跟她合作過。黎蕙站著有點進退維谷，編輯等著她過去寒暄吧，而那牙醫師，即使戴著大口罩遮住大半張臉她也認得出來，是蘇康。她給他一個「好久不見」的笑容，走向角落，編輯叫靜文，姓什麼她卻一時想不起來，平常通 email 總是只寫名字。

兩年前黎蕙受託寫一本電視女主播的傳記，由靜文居中聯繫，後來靜文又找她把一齣電視劇改寫成小說，黎蕙沒空，就斷線了，有時接到靜文轉寄的電子郵件，甚至沒打開就直接從收件匣刪除。這年頭的人際關係就是如此，你會因爲某時某地跟別人交換了印著 email 信箱的名片，而後收件匣就會突然多了一堆勵志文章、笑話、生活小常識……而那寄件人你常常怎麼也想不起來是誰。

靜文的樣子一點都沒變，長髮及腰，身材相當惹火。她努努嘴，瞟一眼牙醫師，「我看牙都來這家！他洗牙很溫柔，不像有的牙醫簡直要把你的牙齦肉剔下來！」黎蕙轉頭看看蘇康，他正低著頭忙碌的樣子。從靜文口中，她訝異蘇康竟然結婚了，老婆就坐在櫃台後面幫忙登記收帳，如此典型的診所型態，眞不可思議。

蘇康是她某一任男友的二哥，他們一家三個男生全部一個德行，一個比一個花心，老大蘇南、老二蘇康都讀醫，只有老么蘇安學文。三個男生都溫柔無比，黎蕙第一次進他們家時除了他們老姊不在，居然三個男生都在家。三個人一起對她獻殷勤，他們的舉止、說話的口吻如出一轍，把黎蕙逗得要笑出眼淚。蘇安是這麼對老哥介紹黎蕙的：「怎麼樣？風華絕代吧？」黎蕙在客廳坐下來，正吃著消夜的蘇康看著她的眼睛說，「那我怎麼還有心情吃東西啊？」黎蕙隨手把幾個人的杯子端到廚房，蘇南馬上跟上來搶過杯子：「哇！秀外慧中啊？」聽他們三兄弟對話，像看舞台劇。

他們交女朋友也少不得拚比，帶回家的女孩子一個比一個漂亮。黎蕙不見得漂亮，但是一臉聰明。蘇康就曾說：「黎蕙比蘇安聰明多了，聰明五十倍也許沒有，但是絕對聰明四十九倍！」

其實蘇安第一次碰見黎蕙時並不像後來那樣油嘴滑舌，他跟她說話甚至口吃。黎蕙詫異地看了他一眼，明明剛才聽他跟別的女生哈啦溜得很，也早已耳聞他對女生的本事，怎麼突然口吃了？她的大眼睛掃描著蘇安這個人，後來卻著了魔似地跟著他走進電梯。他把她帶到頂樓，他沒有親她，只扶著欄杆看遠處的燈海。

回想起來，對這樣的一個浪子，黎蕙記憶特別深刻的，不是那些纏綿的時光，反而是他對她的節制。最後一次在一起時，他們開著車隨意尋找旅館，再過一個月，黎蕙就要出去念碩士。「妳眞的要嗎？」下車前蘇安再問一次，黎蕙先下了車。

在最後的關頭，蘇安忽然說：「我怕妳一旦做了，出國之後，就會變得完全不在乎。而我不在妳身邊……我不要妳變成那樣子！」那時，黎蕙還是處女。「睡吧！」他抱著黎蕙安靜地睡，像網開一面的獵人。

黎蕙和蘇安說好一起出去念書，蘇安大學學分沒修完就進社會，已經超過復學的期限了。蘇安的媽甚至催促他倆乾脆結了婚一起出去。黎蕙按部就班地考托福、考GRE、索取各校簡章、申請表格，蘇安卻拖著，一樣也沒做。黎蕙個性急，凡事起了頭就停不下來。

一切已停不下來，當她發覺正當她上補習班惡補英文、忙得團團轉時，蘇安已經把別的女人帶回家。

靜文的蛀牙補好了，向黎蕙做出勝利的手勢，看著黎蕙坐上牙醫椅。黎蕙不解，告訴靜文她不需要有人陪。靜文走了黎蕙才醒悟，她只是藉此靠近牙醫師。黎蕙仰躺望著牙醫師，蘇康溫柔的眼睛。她還記得那年在奧斯汀，長途電話裡蘇康對她說：「小蕙，蘇安結婚了，對方已經……懷孕……妳在哭嗎？不要哭，蘇安本來就配不上妳，別忘了妳比他聰明四十九倍……」黎蕙破涕爲笑：「五十倍啦！」她幽幽地說：「二哥，我會不會嫁不出去啊？」「可能喔，已經這麼聰明還念那麼多書，大概會嫁不掉。妳回來我就娶妳！」黎蕙又哭了起來。那一夜之後，黎蕙沒有再打電話到蘇家過。

她常常想起蘇安，倒不是怨懟，而是不解，他到底是一個什麼樣的人呢？他一次次弄砸自己的愛情，弄砸學業、工作、人際關係……所謂人生的責任、成就、意志力之類的事情好像與他從來無關，奉子成婚能讓他安定下來？或者說世俗下來嗎？黎蕙總覺得他必定要弄砸他的人生，可是，誰該擁有什麼樣的人生？她在看到電影上的尼可拉斯凱吉的頹廢模樣時想起蘇安，在讀到村上春樹《發條鳥年代記》裡老蹲在井中的男人時想起蘇安……常常如此如此地想起蘇安。

「小蕙咖啡喝很兇哦？」黎蕙回過神，想笑一笑，嘴張著做不出任何表情。蘇康忽然說：「我媽常常提到妳！」「嗯？」這是黎蕙現在唯一能發出的聲音。「她看報紙總要找一找有沒有妳的名字，在她心目中，能在報上寫文章的就是了不起的女孩子。來，漱口！」黎蕙漱出滿口的血。

「有點結石，其他都還好……」蘇康走到櫃台，取下口罩，一邊寫著病歷，一邊介紹櫃台後的女人：「我太太——」黎蕙愣了愣，忘了剛剛靜文說蘇康已經結婚，她根本不能想像他有太太。櫃台後的女人有一雙漂亮的大眼睛，但是身材已有進入中年的福態，黎蕙想起來，算算蘇康都該四十五、六囉！櫃台前的女人向黎蕙溫柔地笑了笑。

「黎蕙妳怎麼都不會胖呀？」蘇康陪她走到門口。一直沒說話的黎蕙忍不住問了一聲：「他好嗎？」

蘇康不意外她終於要問，他的臉色變得嚴肅，「那年他突然丟下老婆和不到三歲的女兒說要出國，我媽不答應，他就不跟家裡聯絡了。我知道我姊給他匯過錢，有朋友從拉斯維加斯回來，說在賭場好像看到他……」蘇康猛地搖搖頭，「其實他都沒變，是我們變了！」不知爲什麼，黎蕙竟覺得臨走前蘇康拋給她的是一個慘慘的微笑。

黎蕙又回到她原來的牙醫診所了。她右邊上排始終沒長出來的智齒位置突然痛了起來，醫師說囊腫發炎了。黎蕙終於決定把它拔了。

寵物店

小賓跟二姊推開寵物店的玻璃門，媽媽跟在後頭。姊姊得到許可養一隻寵物鼠，因爲學校今年科展規定以哺乳動物的飼養爲主題，寵物鼠是媽媽能想到的最小的哺乳動物了。本來姊姊想要一隻狗，媽媽搖頭，她退而求其次要一隻貓，媽媽還是不准，那兔子？媽媽說開什麼玩笑，兔子臭死了！最後決定給她一隻小老鼠。小賓很羨慕二姊。

這家寵物店裡有很多魚缸，漂亮的日光燈魚、孔雀魚、血鸚鵡……。小賓想起有一次他跟隔壁班的強強把他們大樓樓下一口大魚缸裡的金魚撈出來，強強教他拜死魚，說可以得到龐大的能量。拜魚的時候，他心跳得好快，自己也分辨不清，那強烈的恐懼，是因爲把魚弄死了，還是怕被大人抓到。小賓沒有做過壞事，連偷拔花都不曾。也許害怕就是一種能量。

後來那家老太太到他們家按電鈴，問魚是不是小賓撈出來的。媽媽很生氣，說我們家的小孩怎麼可能做這種事！

小賓和姊姊們是非常非常聽話的小孩。他的大姊從小一開始每天要練整整兩個鐘頭的鋼琴，她已經通過山葉的六級檢定，現在要拚五級，那是指導者程度的能力檢定，也就是說通過後她以後是可以去教鋼琴的呢。大姊才讀國三而已。二姊的鋼琴也在遠遠追趕，而小賓學的是小提琴。小賓一點都不喜歡小提琴，但是每天要拉兩個鐘頭。他喜歡去強強家，強強電腦很厲害，可以破解他爸設的密碼，強強電動破關更是厲害。但是小賓只有一種時候可以獲准去強強家，大姊期中考的時候。每當大姊期中、期末或是學校什麼段考、複習考之類，那天便由爸爸進廚房煮飯，媽媽站在影印機前，每一種評量影印五份、六份……十份，讓大姊反覆做，做到沒有任何一題錯誤爲止。影印機，是的，姊姊一上國中，他們家就買了一台全錄牌影印機，跟學校的一樣大，擺在客廳裡，像一隻蹲踞的獸。小賓常常驚悚地望著它，他知道，未來，那隻怪獸也會陪伴他長大。

二姊戀戀不捨地看著一隻黑色迷你兔，但是不敢要。她聽見媽媽在櫃台問老闆，黃金鼠的壽命有多長？老闆說兩年半左右。那麼楓葉鼠呢？「一年半到兩年。」媽媽告訴老闆，那就買一隻楓葉鼠。也許她更希望能有一種做完科展就會自我銷毀的老鼠？小賓的二姊默默接下老闆遞給她的籠子，過兩年，她就上國中了，她會像大姊一樣聽話、一樣優秀嗎？她總覺得自己沒辦法像大姊一樣。她經常想要逃家。楓葉鼠在滾輪上跑個不停，牠不知道自己怎麼跑都是在原地打轉嗎？

媽媽也盯著滾輪上的楓葉鼠看，看得有一點失了神。媽媽總是很累，心情很壞，他們都不敢讓媽媽生氣。媽媽沒有上班，所有的時間、精神都給了他們三個小孩。他們三個都是功課最好的模範生，他們從上小學就開始學功文數學、英語、作文，回家就寫評量，他們知道考試不可以粗心，考試粗心，媽媽會很生氣很生氣。可是有一次表阿姨到他們家，聽到他們補功文數學竟然哈哈大笑說：「那麼小就要學寫公文喔？寫給誰啊？」她根本不懂，補習班老師說過，功文數學是在日本經過長期實踐檢驗而推行的一種數學訓練模式，可以讓學生養成良好的學習習慣，提高學習效率和計算能力……但小賓不敢說話，媽媽的臉色很難看很難看。現在媽媽盯著楓葉鼠看，媽媽會不會後悔了？好不容易他們家要養寵物了，小賓還答應要幫忙餵飼料的。媽媽應該不會反悔吧？媽媽絕不會讓二姊科展沒題目做的，只要是跟成績有關的事，媽媽都會想盡辦法支持的。

他們不知道，媽媽望著小老鼠，想起了一隻貓。她國三的時候，四妹從外頭偷渡一隻野貓回家，養在衣櫃裡，等她們幾個姊妹發現時，都已經生一窩小貓了！四妹愛動物，永遠在給她們找麻煩。那一年年尾，家裡的成衣廠倒了，父親被債主追殺差點失去一條胳膀。他們搬了家，四個孩子全部輟學去別人工廠工作還債。她功課中上，卻連國中畢業的文憑都沒有！

一個滿臉疲憊的男人看著他們和那隻楓葉鼠，嘴角露出感傷的微笑。他在想，陪伴孩子在寵物店裡尋覓的總是溫暖的女人。寵物店是人生的蕾絲花邊，生活溫暖有餘裕的人才會去編織那些花邊，那兩個孩子多麼幸福。到寵物店的孩子是幸福的。

她的女兒君君也是，君君擁有他全部的愛。君君的母親出走了，因爲他的外遇，有一天，她像棄巢而去的雌鳥，不再回來。有一回君君哭著想媽媽的時候，他帶她來寵物店，君君選了一隻兜蟲，他很詫異，一再確認妳要一隻蟲嗎？從此他便經常陪她逛寵物店。有父母常陪孩子逛書店，有父母常陪孩子逛玩具店，逛大賣場，逛小吃攤……而他們父女倆，不斷地逛寵物店。他們買回一堆根本用不著的東西，譬如逗貓棒，還有給貓咪玩的鈴鐺球，他們並沒有貓。君君喜歡這些東西更甚於玩具，有時他懷疑，君君不會以爲自己是一隻貓吧？或許君君是想：等到媽媽回來的時候，就會讓她養貓了？

君君的媽媽會回來嗎？男人隱隱也期待著這些寵物用品能召喚妻子回來。寵物用品是世間最具有家的味道的物質，能發揮某種魔力也說不定。

滿臉疲憊的男人並不知道，君君的媽媽已經回來過了，她總在他上班之後偷偷到保母家看孩子，她甚至曾把君君帶到她的新住處，她養了一隻貓。

門邊的風鈴叮的一聲響起時，衝進來一個身材苗條的中年女人，她很快地到鳥食區取了飼料，付帳時一邊興匆匆地跟老闆說起她的白文鳥，「我昨天戴著浴帽坐在客廳裡看電視，牠不能接受！牠簡直像見到鬼一樣，驚惶失措跌跌撞撞亂飛！」寵物店老闆想了想：「也許是浴帽的顏色太鮮豔了！」「我知道我那隻鳥會怕很多東西，像自動傘，還有餐桌紗罩，一看見這些東西打開來牠就像瘋了似的！可是我沒想到她會怕我戴浴帽……」站在一排貓玩具前面的男人卻打岔問道：「可是妳爲什麼會戴著浴帽坐在客廳裡？」

女人愣了愣，要說明自己當天洗了頭準備進廚房，不想把頭髮弄髒先戴著浴帽，但想想做飯又還早了點，於是戴著浴帽坐在客廳裡拿起遙控器，就把她的白文鳥嚇得張皇亂飛……這描述起來總有點像異想電影，一轉念，她嗔笑著說：「我戴浴帽坐客廳裡關你什麼事啊！」

那男人表情靦腆，再對話下去就有點打情罵俏了。他幾乎不敢跟這個女人打照面，他只是覺得浴帽是在浴室裡戴的東西，坐客廳看電視幹嘛要戴浴帽？他想起他離家出走的老婆，她戴著浴帽從蓮蓬頭下嘩嘩嘩沖水，他爲她擦肥皂，那是她懷孕的時候，他細細地用肥皂泡沫爲她擦拭全身，她因懷孕而微胖的身體，配上碎花浴帽，像卡通裡的人物一樣可愛。他沒有爲後來的情婦做過這種事，他爲妻子洗澡也許是因爲那時她肚子裡懷著寶寶吧？

聽見叮的一聲，那女人已拿著鳥食小鳥般輕快離開，店裡兩個男人下意識朝那玻璃門望了望，捕捉女人苗條的身影。

寵物店老闆對這個女人是熟悉的，總在她買鳥食的時候聽取她一籮筐關於鳥的瑣事。就像所有寂寞的單身中年女人被寵物豢養，不同的是，大部分女人依賴一隻貓，而她依賴著一隻白文鳥。他試著挑逗過她，這對寵物店老闆來說是再容易不過的事，許多女人藉寵物話題和他親近。他曾經浪遊各地，邂逅許許多多的女人，自從他回台在內湖住宅區落腳開了這家寵物店之後，他甚至無須浪遊。然而這個女人像個單向的發報機，只釋放卻不吸收任何聲波，他知道這個女人對他完全沒有感覺。對於女人，他總是知道。

寵物店老闆並不知道，那女人懷藏超乎他所知的寂寞，她暗戀著一個女人暗戀了十多年。高二那年，班上一位擅畫的同學曾以她爲Model爲她畫過一張又一張素描。後來同學買了相機，又邀請她做她的「實驗品」，到圓通寺、中正紀念堂、淡水紅毛城攝影。她理所當然接受她的畫、洗好的照片，她知道她喜歡她，她隱約是知道的。她的模樣灑脫，在女校裡總是吸引同學。升高三那年她轉到理組；後來同學念了美術系，她讀了化工。大學住校四年，卻是她煎熬的開始，她發現自己喜歡睡她上鋪物理系的室友。她在夜裡熄燈後等待美麗的室友跟學長約會歸來，聽見她輕輕踩著木頭梯子爬上床，聽見她輾轉反側，想著或許她今晚跟學長牽手了？被親了？四年！她從沒有說出來！她終於知道當年她的同班同學懷著怎樣的心情爲她畫像、爲她拍照。

美麗的室友並沒有嫁給物理系學長，她嫁入了豪門，如一隻籠裡的白文鳥。而那念美術的同學，在開過一次畫展後因爲憂鬱症丟開了畫筆。她嫁人了。她在一家西餐廳遇見過她，看她帶著一個極調皮的男孩，腹部微微隆起，分不出是胖了還是又有一個。她無能讓孩子片刻安靜下來，不時顯得惱怒，像一個尋常至極的婦人。

捧著一個小塑膠盆的國中女生獨自走進寵物店，她把塑膠盆往櫃台上一放，盆子裡是一隻巴西小烏龜。她對老闆說：「烏龜眼睛腫起來了！」她的眼睛也腫起來了，該不是爲這隻小烏龜哭的？

寵物店老闆忽然想起多年前，有個女孩對他說過一個小故事，說她小時候只養過一隻寵物，就是巴西小烏龜。她每天對牠說話，還唱歌給牠聽，可是有一天，烏龜的眼睛腫起來了，她捧去問寵物店老闆，老闆竟說：「噢！這要看眼科喔！」他聽得哈哈大笑，笑得忘了追問那烏龜後來怎麼樣了？她對他說過的話，他總好像只是聽了個開頭，沒有太大的追問的興趣。她是一個非常單純的女孩子，身上絕少社會的異化。她單純得經常做出令周遭人不解的怪事。比如生產前，她聽到許多母親收藏孩子的臍帶，她也要，進產房時竟告訴醫生：「等一下那個臍帶剪一截給我！」醫師不解：「妳要那個做什麼？」她說她不管。她不到五個鐘頭便生出小孩，醫師眞的剪下一截臍帶裝在塑膠袋裡給她，她拿給妹妹：「妳回去幫我洗一洗！」她妹回去洗到吐！所有人都來問她到底要那個東西幹什麼呢？煮四神湯嗎？她理直氣壯：「書上不是說很多人都有保存小寶寶的臍帶嗎？」許多人生完孩子簡直暈死過去，她仍神清氣爽，甚至請醫師把胎盤拿給她看，她只是想看看幫她孕育孩子的胎盤長什麼樣。她不怕噁心，她被許多人定義：少根筋。

那時他們都好年輕啊。她想要保存的那個臍帶，連結的是他們兩人的結晶，他的孩子。他意外地使她懷孕，匆匆結了婚。卻在一個奇異的早晨，他一反常態地早起，走到隔壁房間，看看鼻息安穩的妻、五官和妻極爲神似的女孩，然後走出了家門。他回到母親那兒小住一陣，申請了加州一個學費便宜的 College，向母親要了一筆錢，便這樣走了出去。

他是忽然覺得自己想要走出去的，他在那個早晨，頓悟自己已經很長一段時間無法專注做一件事，甚至無法專注讀完一篇文章。

在加州，他跟隨一票華人，每周搭上前往 Las Vegas 的免費巴士，領取賭場贈予的籌碼、吃一餐免費的 Buffet……那些退休的華人眞的是當成上班打工賺取這一日工資——他們把籌碼換成錢；只有他，眞正的對賭城的繁榮做出貢獻。在賭場裡，他如此的專注，那是他失去已久的東西。他把帶去的美金差不多用完了，便不再回學校，乾脆住在賭城裡，他成爲了賭城的一部分。而確有一天，他鴻運當頭，大賺了一筆。他像所有的賭徒一樣，並不急於把錢償還周遭欠下的債務，那些都是零碎的小錢，他孤注一擲，全心全意豪賭一場。

落了片白茫茫，大地眞乾淨。在他重新回復一無所有的那個乍暖的四月天，他在賭場一個角落裡睡著了，睡得極其安穩，直到被一聲爆炸巨響驚醒。他跑出賭場，望見不遠處那棟十七層樓高的「阿拉丁」大酒店隨著連串爆炸乍然崩塌，滾滾煙硝籠住那條已被封鎖的拉斯維加斯大道。他癡望許久，腦子的某個部分像是化了冰似地忽然有種難以言說的流動感。而後，他開著一輛十六年的老雅哥——他僅有的財產，離開這個城。那個城，在那酒店轟然夷平之後，如浴火鳳凰展開輝煌的新生。

然而他總記得，他離去的時刻，那個城，在白天裡失去所有的燦爛霓光，如同一座廢墟，夜裡繁華竟似海市蜃樓。背向這座城，他想念台北，像念起一個深愛過的女人那樣迫不及待想要回到她的懷抱。

「烏龜的眼睛腫起來了要怎麼辦？」

「可以餵楓葉鼠吃餅乾嗎？」

「貓咪會吃兜蟲嗎？」……

「啊？」

櫃台前三個女孩哇啦哇啦問得老闆頭昏腦脹。她們不知道，那一刻，寵物店老闆正試圖回憶他曾有過的一個女兒的臉。多年前，他遺棄了妻子和女兒，走出一段對他而言莫名所以的婚姻。

「烏龜的眼睛腫起來了要怎麼辦？」捧著塑膠盆的小女生不死心地重複這個問句。她不知道，這個時刻，寵物店老闆深深覺得他傷害了妻女卻早已回不去。一定是這些老鼠、這些貓、這些鳥、這些蟲、這些水族經年累月地慢慢柔軟了他的心？他的罪惡感遲來了太多年，他曾以爲自己不會有任何這類的溫情。

寵物店老闆也不會知道，面前捧著塑膠盆的國中女生，今天中午在學校廁所裡，被一群幾乎都比她高一個頭的女同學威脅明天要偷一千塊錢交給她們。她決定今晚要偷拿爸爸的瑞士刀，她決定要開始保護自己，必要的時候，她會切下她們的手指頭！她只對她的烏龜說她的決定，卻發現烏龜的眼睛腫起來了，她眞的覺得好無助。

寵物店老闆不會曉得女孩的心事。對於買楓葉鼠的女孩想要逃家、喜歡逛寵物店的小女孩好希望自己變成一隻貓的事，他也不知道。他的女兒已經上高中了，他錯過了女兒的成長。關於女孩子的事，他都不知道。

一〇一

她把一大疊信撕成碎片，塞進一口塑膠袋裡。然後她要去買一大束氣球，再到一〇一的頂樓上。這些紙片不是情書，不是日記，那是一封封辱罵她的黑函，來自一個她從未見過的人。

一個不認識的人，不停地寫信到她的電台，以各種文字辱罵她。她考慮過向法院提告，人們告訴她，沒必要啊！這人是個瘋子，每個主持人都收到這種信的。她考慮跟這個人聯絡，當面向他問個清楚：究竟爲什麼要這麼做？朋友更是強力阻止了，他們說，千萬不要理他，一旦理會他，他便覺得受到鼓舞，只會讓他更感興味罷了！她覺得精神被折磨到了一個臨界點，對於高樓的嚮往油然而生。她仍記得，有那麼一段歲月，她艱難地對抗著高樓上的地心引力……

天使從高樓下墜便成爲凡人。高樓，是天堂與人間的轉運站……她嘆口氣，那對抗高樓的時光總算已經過去了。

那是她二十五歲，生命的顚峰，所有的戲院都在上映她的電影，人們形容她有著天使的容顏。有那麼一天，一個女人，電影導演的妻子，在麥克風前向世人宣告，她割過雙眼皮，動過隆鼻手術，她的感情就像她的臉一樣虛假。她奪走別人的丈夫，如同掠取世人的情感和信任！

生命必須經歷大崩潰，然後重生。她每天默誦心靈師父給她的靜思語。一夕之間，她失去情人，以及所有的片約。天使從高樓下墜，成爲凡人。高樓……一次一次站在高樓的邊緣，她必須握緊雙拳，抑制一躍而下的衝動。近二十年過去，她以爲那感覺不會再回來，這一封封的信，卻投入了生命裡那一潭早已靜止的黑暗湖水，重新盪漾起來。

在息影多年後，這幾年，忽然有人想起了她。她青春容顏不再，但是聰明的他們給了她一個密閉的播音間，讓她從電台出發。

電台是一個流麗的窗口。她不開放叩應，不邀請來賓，她甚至學會自控儀器，一個人在錄音間裡玩，自說自話、播放樂曲，像她寂寞的童年，跟假想的玩伴玩著家家酒。她在密閉的播音間裡形單影隻，但是聲波將從雷達傳遍各地。

昔日影迷的信件如雪片飛來，當年的影迷，與她一般，老了，老影迷才會寫信。新的聽衆上她的部落格留言。那是電台幫她架設的部落格，擺上她當年的劇照，美麗的定格。

電台，是一個流麗的窗口。他每天在收發室裡，從透明玻璃窗看著她走過。人們說她曾是學生情人，因爲婚外情演藝事業重創。現在她的表情看來恬淡，妝扮樸素，每一次經過收發室時投給他一抹微笑，又彷彿她是無意識地帶著微笑走過。他每天等待她走過，兩次，來與去，那是他一天裡最重要的時刻。終於有一天，他想到了，他要打電話給她。他要聽她的聲音，但不是透過廣播。在他決定離職的前一天，他潛入人事室裡抄到了她家的電話。

她開始收到大量黑函不久，家裡經常接到不出聲的電話。同事都說不要理會那些信就好了，可是電話呢？她以為每個人也都接到電話的，直到有一天她隨口說，那些電話你們是怎麼辦？大家抬起頭望著她：「什麼電話？」她才知道原來只有她接到這些無聲電話。

有時天天接到，有時隔個幾天，以爲電話不會再來了，忽然又響起。有一天她索性不接，讓答錄機去對話。那電話卻不停重撥，直到她受不了了拿起話筒問對方：「你到底要做什麼？」

「我想要跟妳講話。」話筒裡竟傳來對方的聲音，她嚇一跳，原來預設是不會有人回答她的。

「你是誰？」

「我想妳！」他答非所問，那低沉的嗓音，難道是他？當年，在他老婆出來指控時，他選擇背叛她。她從未停止恨他。

那年，她留著學生直髮，在一次日本化妝品選秀的活動中，戴上化妝品公司提供的帽子，一位日本廣告導演一眼看中了她。對他們而言，大部分的台灣女孩都太成熟，她的學生模樣恰到好處。那年她已經十九歲了，他們卻問她：妳有十五歲嗎？

她第一次跟隨著導演、化妝師、燈光師一整個完整的工作群巡迴演出。才上台幾次，她感覺自己在舞台上可以不僅化於基本的台步，他們的配樂有一種跳動感，鼓動她的雙腳。她從小就有舞蹈細胞，隨音樂跳動時，導演訝異她可以不必按照傳統的台步，任她以跳動的方式走出自己的風格。

他在台下，從眾多年輕模特兒中發現了她，把她帶進電影公司，從此改變她的生命。

然而他給她的第一件功課是：割雙眼皮！割完雙眼皮才讓她試鏡。她還是十五歲的模樣，試鏡的時候，一個節目部總監走過來問她：妳是不是來度尷尬期的？然後那總監和他，當著她的面說她的鼻子不夠高，在鏡頭上不立體。

他們的建議把她嚇壞了，那可不是割個雙眼皮罷了，隆鼻，在那年代是個大手術，不，她不可能去做。她感到焦慮、自卑，她決定不演戲了。

她仍在圈子裡攪和，做了兩年的場記，覺得整個生命浪費掉了，二十一，最青春的歲月，她已經覺得沉重。無顏見江東父老。

他再一次對她說，馬上有個武打片要開拍，只缺一個女主角，去隆鼻吧，那是妳唯一的機會！

她做了第一次的隆鼻手術。那時技術簡陋，削一塊硬硬的塑膠插進鼻子，把鼻梁墊高，就是所謂的隆鼻了，硬生生的做法，毫無美感可言。但是，她拿到了角色，一開始就演女主角。

一年，兩年，鼻肉慢慢貼著塑膠片，形狀顯露了出來，一個假假的梁，甚而在水銀燈光之下，透出淡紅、半透明的色澤。差勁的美容技術，讓她面對新的折磨。

鼻子快變成半透明，怎麼辦呢？一般人也許看不出來，她自己知道不對勁。她紅得太快，片子愈來愈多，看到銀幕上自己的鼻子總是煩惱。美感還在其次，她拍的多半是武俠片，鼻子常被打到，弄得她緊張兮兮，害怕有一天那硬硬的塑膠片會斷掉甚至穿出皮肉。她所有的精神都放在鼻子上，神經繃得緊緊的，鼻梁附近的肌肉永遠都是僵硬的！

她幾乎要拒絕接戲了，適時地，有一種軟骨出現世面，可以從鼻頭連接到鼻梁，塑出完整的造型。她換了軟骨，緊張消除了，戲也愈拍愈順。銀幕上的臉，線條自然、完美。

不過鼻子沒事了，眼睛開始出問題。時日一久，雙眼皮逐漸消失，縫合的那條線愈來愈淺，得貼膠帶。每次一趕戲，要剪膠帶時，手都會抖！更麻煩的是經常熬夜拍戲，那膠帶久了會脫落，甚至弄得眼角發炎。

趁戲少的時候，跟他商量。打聽出一種新的方法，是正式的外科醫生操刀，半身局部麻醉，在手術房裡，消毒情形良好，她重做了眼睛的手術，抽脂肪、剪去多餘的眼皮，重新縫合，一勞永逸。自此之後，所有電影的宣傳稿，便把她跟「大眼睛」這形容詞連結在一起了。武俠戲的妝著重在眼睛，靈活的大眼睛成了她的標誌，那個單眼皮的小老鼠眼完完全全脫離她了。她慢慢地忘記了自己從前的長相，就像常常忘記自己的本名一樣。

那段時間，她對自己的所有狀況都滿意極了，凡事都有信心。他從鏡頭裡凝視她，嘆口氣：「妳——眞的是一個完美的女神！」他們有過纏綿的愛，他在她耳邊一遍一遍地說：「我想妳！」即使她根本還沒離開他的擁抱。

她幾乎忘了他的樣子，卻無法忘記他的聲音。

「我想妳！」

眞的是他？那猶如地底來的聲音？她坐下來，決定把這一通電話弄清楚。「眞的是你嗎？」喀地一聲，對方忽然掛了電話。

她以為那電話不會再來了，每天早晨，當她吃著早餐，當她吹著頭髮，當她尋找著換穿的衣服……那電話總在她以為終於停止後又忽焉響起。她已經無從判斷，這電話究竟是來自他，她這一生唯一的戀人？還是來自那個寫黑函的瘋子？

「妳的褲帶眞的很鬆！……」

「你們行逕齷齪，職業道德蕩然屍骨無存……」

「妳霸占發言的麥克風，每天從妳的口裡吐出一坨又一坨的狗屎，污染這個世界……」

「妳是這個社會的毒瘤，妳爲什麼還不去自殺？……」

……

這一天，她如常吸口氣，拆開筆跡熟悉的信封，眼淚唰地滑落。那是張二十年前的報紙影本，寄信的人在影本上用黑簽字筆寫著「姦夫淫婦」四個大字。剪報旁寫著「致」一大串廣播人的名字，她知道這張影印紙同時寄給了名單上所有的人。

他皺著眉頭從一〇一大樓的JASONS超市出來，買了澳洲有機菲利牛排、蘑菇、洋蔥、鮭魚罐頭、帕納乾酪……老婆單子上寫的所有東西。他知道老婆喜歡差遣他外出買東西是因爲痛恨他待在家裡，除了開單子讓他執行一些買東西、銀行繳款之類的事務，他們幾乎已經不太說話。他說的話她不愛聽，永遠只給他一句相同的評論：「神經病！」

他在家的時候，大半時間開著收音機、趴在書桌前寫信。自從七年前他打電話到叩應節目發表意見，竟連續三十度話沒說完就被主持人卡掉之後，他開始了寫信給廣播主持人的生涯。天空是屬於全民的，他們霸占著空中頻道，整天胡說八道，暢所欲言，剝奪民衆發表看法的權利，他們比所有的貪官污吏還要可惡，他必須挺身而出。他在廣播中聽過有主持人稱他寫的信是黑函，那是對他莫大的侮辱，他的每一封信都署眞名，並寫上地址、電話，他等待著這些主持人的正面回應、甚至告上法庭，那麼他就有了把自己的想法全盤說明的機會。然而這些主持人卻彷彿說好了似地，七年來，竟沒有一個人理會他！這兩年他更進一步開始收集所有主持人的過往資料，加註眉批，廣爲寄發。他每天去一趟郵局，一定把信寄了之後才去幫老婆辦事。生活充實忙碌，不像他一些退休的同事，洩了氣似地。人活著不能沒有目標。

他走出一〇一大樓的時候，感覺胸口一陣悶痛，手上提袋並不重，整個人卻像被什麼東西重壓著。他慢慢蹲下來，好了一點，好了一點。從略微的仰角，他看到街對面有個手拿氣球的奇怪女人正抬頭仰望天空，她像發現幽浮似地，嘴不由自主地張開來。她那張臉似曾相識，像是他近日影印剪報過的一張臉。但是不可能，他想，那是二十年前的報紙，她早該老醜囉！他老婆不到四十歲就不能看了。他一慣仇視美麗的女人。美麗的女人總是淫蕩的，若你看不出來只是因爲她沒有選擇你淫蕩。而再美麗的女人過了四十歲一定要凋萎的，若不凋萎，一定是動了什麼手術，報紙說得再清楚不過。女人習於說謊，若不說謊，又往往是難看的女人。那個女人那麼驚訝地張開嘴是看到了什麼呢？他順著她的目光仰頭看，一個斗大的長方形……降落傘嗎？他提袋裡有新鮮的澳洲牛肉，他不能耽擱太久，若是把肉弄臭了，他老婆會把那張已經乾癟的臉從眉心皺出皮屑來。他感到一陣反胃，今天哪都不舒服。他要趕緊回家，回到那寬敞的扶手椅裡，他還有好多好多的信要寫。

他懷著強烈的罪疚感趕到一〇一。剛剛打電話給她，聽見她怒氣沖沖地狂吼：「我不管你到底是誰！我現在要出門去，我要到一〇一頂樓上做一件重要的事情！這一切都會結束！都會結束！」天，他沒有要逼死她的意思啊！他喜歡聽她的聲音，希望她跟他說話，有這麼難嗎？有必要每次都摔他的電話嗎？「妳為什麼不肯跟我說話？」有一次他問她，她卻答非所問：「你——你不是他？你到底是不是他？」

從世貿轉角邊跑邊喘，一〇一，她說要去一〇一……咦，天上那是什麼？是她嗎？她做什麼啊？酷！她跳傘？不會吧？他看得呆住了，以致完全沒注意到有個老頭走路不看路朝他撞上來。老頭神經兮兮撿回紙袋裡掉落的東西，一邊喃喃自語：「姦夫淫婦！姦夫淫婦！」

「喂！罵誰呀！」如果不是看他糟老頭樣，他眞想揍他，撞了人還講髒話！而且哪有人把姦夫淫婦掛嘴邊當髒話講的，神經病！都是他！那傘呢？天上的降落傘呢？

小時候，她讀過一本童話書，主角不是王子與公主，而是一個膽怯的小女孩，她害怕好多好多的東西，怕鬼，怕妖怪，怕得晚上不敢睡覺。她的外婆教她一個好辦法，把妳害怕的東西畫下來，綁在氣球上，只要氣球飄走了，就不再害怕了。

她其實並不怕那些黑函，她早就不怕任何流言了，是因爲看到那張剪報，她忽然領悟，這些日子以來，她痛恨卻又期待的電話，根本不可能是他打來的，那只是另一個瘋子罷了。她一字一字讀那張剪報，所有的痛楚全部回到心頭。她讀他說的一些話，她想著：從頭到尾，他根本從來沒有愛過我啊！

那張剪報上，竟有一張陌生的照片，照片裡的女孩臉蛋清秀，但有著一雙好像睜不大開的眼睛、扁平的小鼻子、單純的笑。她凝視那張照片，輕輕問自己：我認得她嗎？我還認得她嗎？……

她把那張剪報撕開來，再撕，再撕……啊！把所有這些無聊的廢話全撕了吧！她淚流滿面。

站在一〇一大樓對面，她像個呆子凝望空中一個黑點撒出來的一團大氣球……竟有人早她一步嗎？四周望望，對街，蹲著一個不認識的老男人，用一種恨毒的眼光仇視著她……這世界，這世界瘋了！她打個冷顫，手上的五彩氣球竟忽焉抓不住飛走了。

運動中心

Steaven開始運動了，每個周末，他開著他的X5，載著老婆、兒子到這座市立運動中心打羽球。兒子剛出生時，他記得多麼清楚，抱在手上，跟他指尖到手肘差不多長，曾幾何時，已經大到可以跟他對打羽球了？

今天早到了十分鐘，他們一家三口坐在場邊觀戰。兒子小聲興奮地說：「看！黃衣禿頭男變成紅衫軍了！」Steaven看了兒子一眼，「不要亂講！」妻護衛兒子：「幹嘛？這麼遠他聽得到？」他們母子倆偷偷笑成一團。Steaven感到不悅，不再說什麼。黃衣禿頭男是妻幫場上一個中年人取的綽號，他們一夥四個男人，每禮拜都來。妻起先是要兒子在等待時看他們打球，他們打得不錯，兒子後來也學他們發小球；看了幾次後，妻發覺「那個黃衣禿頭男爲什麼每次都穿同一件黃T恤？」「他都沒有別的衣服穿了嗎？」這回他換了件紅T恤，兒子便大驚小怪說他變成紅衫軍了。他不喜歡妻在兒子面前胡亂幫人編派綽號，兒子的嘴都跟著磨利了。可是他們母子一派親密，隨時坐下來就能哇啦哇啦胡說八道，品評運動場上的人、餐廳裡的人、候機室的人……。有時妻告訴他，「剛才隔壁桌那個女的跟她婆婆的對話好恐怖喔！」「什麼？」她為什麼都知道別人在交談什麼、爭執什麼？她能在周遭嘈雜聲音裡聽見故事，記得眼睛掃過的場景裡人物的穿著、特徵，某個女人戴了什麼樣式的項鍊，哪個小孩跟他的父母長得像不像……他總覺得她辜負了自己的天分，她應該去FBI的，可是她教鋼琴，一種被想像應該嫻靜優雅很有氣質的行業。她打起球來根本就像個女殺手！

黃衣禿頭男今天穿了紅T恤，咦，Steaven發覺自己也跟著老婆、兒子心裡這麼稱呼他了！如果不是妻和兒子的笑鬧，他根本不會注意人家穿了什麼。他的衣服多半是妻打理，如果沒有妻幫他準備，他大概每天都會穿Intel或是IBM送的T恤吧。

他們四個男人每個禮拜都聚在一起打球，就他的觀察至少打兩個鐘頭，因爲每回他們來，這四個人就已經在場上了。他們是同事？大學同學？甚至……高中同學？小學同學？他們不帶家人，是所謂的 Men's time 吧？Steaven 沒有 Men's time，回國工作以後，他的生活被工作完完全全占據，如果不是在研究所時就交了女朋友，一回國就結了婚，他想自己大概會像他一票在 San Jose 的同學一樣，到現在還是王老五吧。他是他們班第一個結婚的，也是第一個有小孩的。電機系男生娶音樂系女生，在旁人眼中再完美不過。

不久前他們夫妻參加同事 Elbert 的婚禮，Elbert 娶了個小他十三歲的女生。婚禮中播放兩人從小到大的照片，這是 Steaven 結婚時還未流行的花樣。妻在他耳邊說，「不過十幾年的時間，婚禮都變了。我們那時候婚禮還是一種招待親友的觀念，現在的婚禮是強迫所有來賓把新郎新娘當成明星或是什麼成功人士來佩服，比跳脫衣舞招待親友還俗！」Steaven 不置可否，大概只有女人在乎這種事吧，他只希望妻的話不要被別人聽見了。後來妻不肯再跟他去參加婚禮，說現在的婚禮讓她不舒服。他很難了解她的不舒服，因爲他們結婚時沒有這些花樣，讓妻覺得吃味嗎？她又說不是，她說你的同事都很無聊，我跟他們談不來。難道要跟每個人談音樂嗎？他不解，在人多的場合裡，妻其實是很活潑的，他還記得那天酒席上，**Tom**說他老婆抱怨他從不記得結婚紀念日，**Steaven**笑說你完蛋了！意思他自己從來不敢忘記，妻卻立刻接話：「可是記得有用嗎？記得也沒什麼用啊！」衆人立刻大笑。那天回家的路上，妻卻突然在車上幽幽地說：「你會後悔太早結婚嗎？」

「啊？」他扶方向盤的手猛地一歪，這絕不是驕傲的妻會有的口吻，妻的語言風格應該是這樣的：「娶到我是你好運耶！」「比較優秀的人當然是學人文藝術啊，資質差一點的人才學理工！」他早已習慣她的語調，即使在他爸媽面前也別想讓妻低調些，總統大選時，他老爸讚美周美青，說馬英九常年奔忙，孩子的教育一直是周美青一手打理，妻聽了卻淡淡地說：「我也是啊！很多職業婦女都是啊！」現在妻吃錯了什麼藥？

「你如果不是那麼早婚，現在就可以跟Elbert一樣，娶一個不到三十歲的女孩子，反正你們科技新貴，年紀愈大娶的老婆愈年輕！」妻是被換魂了嗎？是什麼人偷偷跑到妻的身體裡？他還記得幾年前他老張望著馬路上的Porsche跑車時（妻爲什麼老是弄不清楚，他會張望的是跑車而不是女人呢？），妻不懷好意地跟他講述一篇平路的小說，說有個男人整天想要一部羅密歐跑車，還刺激他老婆說如果買了新跑車當然載的是年輕的漂亮美眉。他老婆起初覺得受傷，直到有一天她看到從一部跑車裡艱難地出來一個禿頭的老男人時，她想像自己老公艱苦萬狀地從一部跑車裡爬出來的模樣就釋然了，從此由她丈夫說去！這故事Steaven銘記在心，在他髮量漸少、肚子漸凸的中年旅程上，換車時認分地選擇了X5而不再肖想Porsche，一個有家、有孩子的男人再有錢也不適合買Porsche了。Elbert小他一歲，新娘Jennifer是財務部門的，輪廓有點像梁詠琪，一進公司就有好幾個RD猛追。Elbert是PM經理，跟他雖然是不同部門，有時會一起出國談案子，私下接觸發覺他有些龜毛的地方，並不是那麼好相處，他便以爲Elbert是不婚族，沒想到過了四十歲倒突然想結婚了。他其實有點憐憫Elbert，許多辛苦的事情現在才要開始，妻看到的卻是完全不同的角度。他嘆口氣：「過了四十歲才開始適應婚姻，然後生孩子、帶孩子這些事情，妳不覺得很累嗎？」

「可是你不會嚮往年輕女人的身體嗎？」

Steaven沒有回答。妻繼續說道：「你同事跟你差不多年紀，現在才結婚，好像拿到一個全新的禮物。而你的老婆，邁入中年，又生了病，失去部分的乳房，身體開始衰敗了……」

Steaven詫異得說不出話來，妻幾年前發現乳癌動過手術，他仍記得在超音波、細針穿刺發現異常之後，他陪她去做切片，出來以後她描述過程，說切片手術只要局部麻醉，她一邊還跟醫師、實習醫生聊天，他們知道她是學音樂的，都很諂媚地說他們只聽古典音樂，手術中還爲她放巴哈呢！看報告的那一天，醫師把他也一起叫進去，一邊在一張紙上迅速畫出一對乳房，一邊講解病情，妻平靜得幾乎沒有任何表情。她很快地接受醫師的安排，動了手術，接受化療，期間從未聽她說過「為什麼是我」之類的話，也沒有哭過。只有一次，看見她坐在鋼琴前面發呆，他問她還好嗎？她的嘴唇輕微顫抖地說：「我以後會不會不能彈琴了？」他趨前擁抱住她，「不會的，妳需要時間復健啊！」因為同時拿掉了腋下淋巴結，影響手部的神經，她的手暫時不太靈活，「從我小時候第一次彈鋼琴，就覺得我這一輩子只想一直彈琴，如果不能彈琴了，好像回到一個夢想沒有誕生的混沌狀態裡，可是我年紀已經大了，會覺得很恐慌。」他知道多說無益，只是緊緊地抱住她。那是他唯一一次看到妻對這個病表現出恐懼，過不久，就看到她坐在琴蓋未打開的鋼琴前假裝彈奏，一邊哼曲，然後微笑地對他說：「我現在知道陶淵明為什麼要彈無弦琴了。」那才是她呀，當年不就是這種與生俱來的樂觀深深吸引他？結婚以後，她的伶牙俐齒有時也使他難以消受，特別是在他的親友面前，然而他從未想過如果沒有她，生活會變成什麼樣子？聽到醫師宣布病情時，他的確驚駭，但妻的平靜立刻撫平了他的恐慌。後來發現她比較擔心的倒是無法彈琴的事，他知道她不會被打倒了，她的精神世界比誰都堅實。現在她說出自己手術後的殘缺、羨慕年輕女孩的身體使他驚詫莫名，原來……她的心理仍然受到了打擊，只是沒有說出口而已？他二十七歲結婚，在班上居然算早婚，陸續看到同學結婚，的確如妻說的，愈晚結婚的，夫妻年齡差距愈大，也就是說，男性始終尋找的是適合生育年齡的女性，無論自己年紀有多大，但他羨慕過他們嗎？如果妻子不提這一點，其實他根本沒有想過，可是既然被點出來了，那麼，他眞的不羨慕他們嗎？

他覺得妻問這種問題太殘酷，人會病、會衰老是無法避免的事，何必去擠壓自己的傷口呢？就算不病，人也會老。妻的身材跟年輕時幾乎沒有改變，反而是他，有了中年人的樣子。他轉移話題，說公司這禮拜又有假日爬山，問她要不要一起去？她卻火大起來，「每個禮拜都要爬山，你們公司平常操得還不夠兇嗎？」

「就是平常操得兇，假日才要去運動啊！」

「運動一定要跟同事一起嗎？你們老闆知道世界上有一種人際關係叫

做『家人』嗎？」

「家人可以一起去啊！」

「爲什麼你的家人也必須要跟你的同事黏在一起？你們科技業每天工作超過十二個鐘頭，一群同事天天相處十二小時以上，假日還要再聚在一起不覺得很無聊嗎？我做老婆的都沒有這麼高的占有慾，怎麼你們公司的人占有慾那麼強？假日不應該跟家人、朋友、老同學見面嗎？你的世界不能只有一種人啊！」

Steaven不再答腔，妻顯得對他們這行有些輕蔑，她有時會對著網路驚嘆地說：「想想很可怕，你們這一群電腦人，這二十年裡，完全改變了整個世界！」但大部分時候她說到「你們這一群電腦人」時是一種負面用語。是那個禮拜，爲了消除妻參加婚禮後的沮喪，他不敢丟下妻兒跑去爬山，提議一起去打球吧！妻馬上上網蒐尋適合的場地，然後他們一家開始了周末往運動中心跑的新生活。

這座運動中心地下一樓是室內泳池，有時繳完費站在落地玻璃前張望，可看到穿著泳衣戲水的人們，但妻不感興趣，他後來才想起來，她不願意穿泳裝了。他只好老陪她打羽球。羽球場在六樓，在電梯裡，兒子喜歡研究各樓層的設施，「我們下次去射箭場好不好？」「要不要去攀岩？」有時他們早到了，到那些樓層張望，仍還是回到羽球場。他會跟黃衣禿頭男那一夥男人交換目光算是招呼，有時他很想加入他們。他幾近所有的時間給了工作，剩餘的這一點點，不得不給妻子小孩，他的同學極少聯繫，當年的哥兒們，一個個像他一樣，成爲叢林裡獨自帶著配偶和下一代生活覓食的雄獸。雄性猛獸很少群聚，牠們會在各自領地裡遙遙互望。雌性動物卻比較能夠群聚，妻和中學、大學、研究所，甚至各個不同工作時期結交的朋友都保持友誼，她們會相約喝下午茶、逛街，各自帶小孩一起到湯姆龍堡或誠品書店，晚上還褒著電話。唯有在運動中心常看見一群男人出現，但也以趨近中年的爲多。年輕、時尚的男人到哪去了？Steaven想起來，他們去了健身房，那是完全不同的健身世界，以鍛鍊肌肉、維持體態爲目標，附加一種時尚感，不會牽著孩子，也不競爭技藝，健身房，是單身貴族、Gay的殿堂。想要持續運動的袋鼠族，就像不適合Porsche跑車一樣，與健身房早已格格不入。他必須認分地走進運動中心，否則就只有在家裡玩Wii了！

「你會後悔太早結婚嗎？」妻這句話在Steaven腦海裡像一種奇異的泡泡，緩緩從腦波升上來，到某個大小時自動破滅，但隔一陣子又會冒出來。

Jennifer剛到公司來時是做Steaven的祕書，幫他處理一些瑣事。Steaven帶領整個RD部門，底下一百多個RD，他在九〇年代初期回國投入電腦業，熬過低潮，進入這一行的顛峰期。妻曾經問他，如果中了幾億大樂透，還會上班嗎？他不假思索說會！「爲什麼？要我就不會！不必再教鋼琴、被那些死孩子氣死，我一樣可以彈給自己聽！」「我的情況不一樣，我們部門曾經很慘，差點解散，」Steaven不是輕易放棄的人，「是我留下來了，一手把它撐起來。」Steaven腦中拂過Jennifer的臉，她來的時候，這部門早已轉虧爲盈，營業額愈來愈高，RD陣容也愈來愈壯大。

在志得意滿時，Jennifer青春的容顏出現在他的身邊，每每使他心神一蕩。

有一天他的電腦螢幕上貼了一張便利貼，寫著：「今天一起吃晚飯好嗎？」他認得是祕書的字，掀起那張便利貼，沉吟幾秒鐘，丟進了字紙簍。傍晚，他走進公司附設的健身房。公司在頂樓弄這個健身房時他來過幾次，跑跑跑步機什麼的，但實在太忙，大概一兩年沒上來過了。Tom在桌球室一個人對著牆壁發球，他走進去跟Tom對打了幾局，居然也出了一身汗。

便利貼未再出現，幾個月以後Jennifer調到會計部門，也交了男朋友。他以爲她會選擇他們部門那些追她的RD，Jack或者Michael或者Kevin，whatever，那些年輕的男孩子，聽到她跟Elbert在一起時，確實令他驚訝。他跟妻同年，妻就是他最要好的朋友，不能想像去娶一個小朋友天天在一起，即使長得像梁詠琪。有一次，他跟妻親熱時，腦海裡想著Jennifer青春的臉和身體，事後卻感到輕微的作嘔。他無法分析自己是怎麼回事，也許只是因爲從小的教育就保守，也許是因爲性格裡帶點潔癖，他不喜歡自己這樣子。他轉頭看看妻，妻做完愛喜歡裹著被子面向著他，帶著溫柔的笑意。他輕輕揭開被子一角，看著那薄被下纖瘦的身體，一只乳房上淡紅色的疤痕劃向腋下。他俯身輕輕親吻，他的搪瓷娃娃那細細的裂痕。妻的眼角湧出淚水，滑到了枕上。他知道，這一生他會守護她。

他們一起打球，有時感覺回到往日時光。妻在球場上十分耀眼，不是她的球技高超，是她連打個球都要買一堆漂亮的T恤、短褲輪換，她平常穿著就像個鋼琴老師，在球場上才露出修長的腿。她並且精心化了妝才出門，難怪她會注意球場上每個人、每次來穿了什麼衣服。

整點一到，穿著紅T恤的「黃衣禿頭男」退下場。他和Steaven對望了一眼，這一次卻沒轉身就走，他嘗試性地小聲說了一個名字：「林博偉？」

「啊？」正半蹲著在地上卸球拍套子的Steaven猛地抬頭，像鸚鵡似地偏頭思索，這人認識他？

「林博偉！林博偉！」黃衣禿頭男更像鸚鵡，重複著這個名字。老天！那是他高中同學嘛！Steaven忽然想起來了，「潘廣義！」他站起來向前拍對方的肩。他倆興奮地交換高中同學的訊息，都只是知道某某人在哪裡工作，有聯繫的卻少之又少。潘廣義說上回看到他時就有一點想起來了，又不太敢確定，畢竟都二十幾年沒見啦！

二十幾年！Steaven咀嚼這數字，腦海裡隱隱浮上他們一起打排球的畫面，潘廣義擅長殺球，是他們班的主力。排球不易找到同伴，所以他改打羽球吧，Steaven張望了一下潘廣義的球友，確定他真的不認識那三個人，不會是他們的同班同學，他忍不住問了一下：「你是跟誰打？」

「同事啊！公司搞什麼羽球盃啦，我們部門派我們四個，下個月要跟別的部門火拚！」

原來如此，他沒有問潘廣義周末不陪家人嗎？老婆不抗議嗎？人家搞不好根本沒結婚，二十幾年不見的老同學，唉！Steaven覺得悵然，他跟潘廣義雖不是特別要好的哥們，但那時也還算熟，居然碰好幾次面才想出來對方是誰。

穿著運動服兩人都沒帶名片，他們相約下禮拜球場見。潘廣義一走，Steaven的老婆、兒子驚訝地擁上來，Steaven這才想起他甚至忘了介紹他們。

「搞了半天你認識黃衣禿頭男喔？」

「我高中同學啦！」

「同班嗎？」

「同班啊！」

「同班你以前沒認出來?!」Steaven的老婆顯得不可思議，「你們男生眞的很奇怪！」

「他以前……比較多頭髮啊！」Steaven一臉的無辜。

重慶南路

我在重慶南路一家老書店裡發現了一個小本子，它夾在一排現代文學叢書之中，封面有點破損，看來被翻過無數次了。那看起來是自己列印、裝釘的小冊子，薄薄的，只有二十幾頁，淡紫色雲彩紙封面，書名是英文字「YOUNG」，內文卻是中文打字，沒有作者名，也沒有標價。我平常逛書店，總是翻一翻，有興趣看的書就買走，書，是床上讀的東西。我也很久沒有來重慶南路，今天來，是爲了幫兒子買課本的學習手冊和評量，順便逛逛。這本書卻吸引我站在書架前讀了起來，主要也是因爲它根本不是一本出售的書，我沒辦法買走它。

我大約花了四十分鐘把它讀了一遍，它很像並沒有寫完，在「我從此覺得黯淡了。」這樣一個句子後戛然而止。我先想到的是，這是某人做的一個實驗，想看看讀者的反應，我四下張望，根本沒有人注意我。我第二個想法是，作者是在面對一種巨大的變化而寫下這些文字，但又不得出版，於是自己用電腦印製了許多份，偷偷放進一些書店、圖書館，有些可能已經被店員扔了，而這家老書店，店員大概不是那麼勤快吧？也許沒發現，也許覺得無所謂，於是它保存了下來，或許在某一個書店的角落裡也存在著這樣一本書，等待被翻閱，甚至可能還有這本書的後面章節？至於作者的人生是發生什麼樣的變化呢？我想到的是：她出國、得了重病、出家、自殺，或者，她只是即將要結婚了，走進平凡的婚姻生活之前寫下的青春時光。

再一次四下張望而無人理會之後，我做了一件從來不曾做過的事，我偷偷把這本書帶走。這個作者文字並不絢麗，情節也很普通，但是她——作者看來是一位女性——所描述的一些成長的細節，那些無助與挫敗打動了我，我想擁有這本書，今晚睡前，能再一次讀它。

當我若無其事走出這家書店，瞇起眼睛向馬路上張望，我有種做了壞事沒被發現的快感。我攔下一部計程車，只想快些回到家。一路有點堵，經過忠孝東路時，我從車窗向一路的咖啡館、服飾店、騎樓下的攤子張望，看見一張張女人的臉，從地下鐵冒出來牽著一個小男孩帶著一點點風霜的少婦的臉，揚手招計程車穿著昂貴套裝踩著高跟鞋皮膚好好的臉，在仿冒皮包攤子前耐心翻撿有點發福了的臉，咖啡館玻璃窗裡側面短髮正出神想著什麼的臉，被路邊算命師喊住而遲疑困惑的臉……每一張，我都想像可能是這本書裡的主角阿宣的臉。

從我得到（或者說偷到）這本書開始，我張望這個城市有了不一樣的感覺，因爲我老在猜：那個女人會不會是阿宣？雖然我曾經設想過作者已經不在人世或者出家、出國、移民了，但愈讀它，我愈直覺她還在，還在這個城市裡，愛著一些人，討厭著一些人，吃飯、喝咖啡、買鞋、買花、買書，排隊買烤鴨，搭捷運、招計程車、開一輛香檳色Toyota Camry，她是演員、畫家、鋼琴教師、美容師、模特兒、家庭主婦、CD店店員、餐廳服務生、韓國飾品攤販……她在這個城市裡，在豔陽下，撐一把防紫外線銀色陽傘，像這個城市裡大部分的女人一樣……

YOUNG

1

記憶之巢

有時我懷疑，在我腦部的貯藏室裡對於童年的記憶究竟如何羅列安排、哪些事染過新的顏色、哪些印象已經被歲月稀釋、是不是有些記憶是自創、添加進去的？我胡亂思索，把那些過於單調猶如臨終前趨於平直線條的心電圖，彎曲、編織，在腦子裡纏繞成一個結實的巢，我僅有值得珍惜的幾個畫面住在巢心不時地探出頭來……

後山龍門谷的湖是一種安靜的綠色，不時有輕風吹來掉落的葉片、細枝以大圈大圈的漣漪磨平它的表面。我和明明姊常在無人的湖邊凝視那光滑的湖面，明明姊隨手摘來酸得人牙齒發軟的野莓果，她大膽地放入口裡，我也學她，輕咬一下兩眼就閉起來眼皮一跳一跳地。

很多事情我都學她，她自編歌舞教我跳唱，歌詞已經不記得，大約多半是關於故鄉的懷念，一個才七歲並且是在村裡生村裡長的小孩如何會有鄉愁當時我自是不疑，就像今天她成為唱片作詞作曲者我也只覺是理所當然。

那後山的湖凝結在我記憶之巢的中心，我所有童年的記憶幾乎都泅泳或漂浮於靜謐的墨綠色湖水中。

譬如我四歲那年的夏天，爸爸從船上回來，一個酷暑的午後爸爸穿條泳褲把我舉起來：「我們去游泳！」我脫口而出：「不要，游泳會淹死人。」我母親立刻從房裡探頭出來：「阿宣妳說什麼？」「游泳會淹死人！」這不祥的話語涼進母親的背脊，「喂你今天不要去游泳啦！小孩子的嘴最靈！」我爸聳聳肩不置可否，他對禁忌的態度一向是如此的聳肩、遵循，卻不相信。不錯，他不相信，他說船上習俗吃飯時說「裝飯」不說「盛飯」，以免「沉船」，魚一面吃完了只能把骨頭挑起，不能「翻過來」，否則翻船，可是村裡男人走了一個又一個，都是一聲船沉就全都沒了，也沒見過老天挑選過人。

不過半晌，山上就喊出來了，「山上淹死人囉！」爸媽立刻擁到門口，我從他兩人粗壯的大腿之間擠出一道縫，看見有幾個人抬著一個人，每個人身上都濕淋淋的，後面一群人跟著在跑，嘴裡一邊嚷著：「山上淹死人囉！」我想把爸媽兩人的腿扳開一些，好看得更清楚些，我爸蒙住我的眼睛說：「小孩子不要看！」而事後母親卻常提這件事，把我當成具有特異功能的神童。

後來聽我爸感嘆：「老吳海上不死死在湖裡！」老吳就是那天被抬下山來的，他跟我爸曾經在同一條船上。老吳的女兒心蘭很喜歡掐人，我們同年但我跟她處不來，我喜歡跟著大我一歲的明明姊，她到哪我就跟到哪。

明明姊長個胖胖的圓臉蛋、微黑的皮膚，上小學之後就比我矮了。有一次我倆在門口跳繩，我聽見她從三重來的阿姨站在紗門前面半開玩笑地嘆口氣對明明她媽說：「妳看看人家生的，妳生的！」

大人喜歡讚美我的瓜子臉、白皮膚、抽長的腿、我的長辮子，甚至我口齒不清的語音。明明她爸也疼我，我爸長年在船上，我每天傍晚跟明明一起手牽手站在村口的大榕樹下等明明她爸的上班車，那其實是軍用的大卡車。明明的爸爸是軍官，他一下來總是先把我抱起來，在我白胖的手臂上輕輕咬一下，然後一手牽明明一手牽著我走回去。

據說我跟明明第一次見面的情況是這樣子，快兩歲時我家剛搬到明明家對面，我媽抱我去她家門口搭訕，一群鄰居圍著新到的我們問東問西，一個阿姨拿來一串龍眼，她先剝一個給我，可我還拿不穩，才要放口裡就掉下來，而那顆掉下來的龍眼立刻被明明以迅雷不及掩耳的速度放進口裡，「好敏捷啊！」大人們嘻嘻哈哈笑起來。這是我媽告訴我的故事，但我有那麼點不相信，因為在我大部分的記憶裡，明明姊都是讓著我的。

但是她舉止、行動敏捷倒是不爭的事實，她做什麼事都是快手快腳，每天放學回家不要半個鐘頭就把功課做完，然後滿山遍野到處跑，玩夠了來找我的時候，通常我都還坐在窗戶旁的小桌邊一個格子一個格子慢慢爬，我媽說我老是在擺相命桌。我寫字的時候很難不想到明明已經在爬煤礦山了，或者正拔一根芒草花當做平劇裡的馬，站在斷橋的橋墩上演樊梨花，橋墩下圍一群小朋友嚷著要她唱〈往事只能回味〉，我的心飛到斷橋下傾聽明明唱「憶童年時煮馬請妹……」就在本子上寫了妹字，寫完一整行才發覺寫錯了，作業並沒有要寫這個字，擦掉再重寫，本子都擦得黑黑的。

斷橋聽說是日據時代炸斷的，留下兩頭的橋墩，被我們當成殺刀的基地，從這頭橋墩殺到那頭橋墩。經常在兵慌馬亂中我還找不到明明就被心蘭拍到頭：「阿宣妳死囉！」男生比較不殺我，我雖然不聽明慢慢也發現是這樣子。

不過我畢竟很少跟大夥一起玩，我總覺得自己笨，跳高到腋下就差不多跳不過去了，雖然我比大部分同齡的小孩還都高一點。而打球也是，我的球拍好像總是會漏洞。在學校我最痛恨打躲避球，有的同學傳球的時候還會斜眼，好老奸。每次老師說打躲避球我就祈禱，希望被分到外圈，如果在內圈我就希望趕快死，有時候故意去踩線但是都沒有人看到，長大後我才知道那種感覺名之為「煎熬」，我始終不能明白教育為什麼要倡導這種暴力、使詐、弱肉強食的運動，而當時我沒想那麼多，只知道能躲過體育課就盡量躲。

在我羞怯的童年裡，明明是我唯一的朋友，我倆經常躺在湖邊的樹叢裡，在安靜的湖畔我敢跟明明一起大聲唱「藍藍天空雲河裡，有隻小白船，船上有棵桂花樹，白兔在遊玩，槳兒槳兒看不見，船上也沒帆，飄呀飄呀，飄向西天……」一邊唱我們一邊和著拍子玩面對面手拍手的遊戲，百玩不厭。

躲避球的啟示

我怕打躲避球，然而這種恐怖的運動像影子一樣從國小跟著我到高中，只要體育老師什麼也不想教的時候就讓我們打躲避球。而我也從一次一次的逃避未果後得到一項啟示，我發現不如直接面對、快快出局以了卻責任，反正要提心吊膽被打嘛，而且我是一定會被打到的，百試不爽，那麼與其在其中身歷煎熬不如早死早超生，也就是說乾脆快快被球打到，那麼我就可以在外圈納涼不再怕被球打了。

我發覺面對躲避球的心態運用在其他方面也很有效。最主要的是我的功課，尤其上國中之後我就更加吃力了，數學開始有了XY，歷史要背年代、地理要背各地產物、國文要背文言文、英文更是天書，我幾乎每天做功課都做到十二點多才上床，但是月考成績還是都排倒數。我在二段班，隨時得擔心被拉到放牛班裡，國二以後我就不再擔心了，因為已經被分到末段班，再差也無處可去了。而且末段班有一個好處，就是國二才迸出來的物理、化學，老師只要求我們背下基本的定理，不像實驗班的各個還要去補習班補理化。明明姊自然是在實驗班，不過她既不補習而且每天十點鐘就上床。就是因為功課吧？國中以後我們之間的距離就拉開了。

我上音樂課也得躲避，有一次老師要我們一個一個到講台上唱歌，輪到我時我唱那首〈一年容易又春天〉，唱到「田裡秧苗油綠綠」那句的時候，因為「苗」字要高上去，我的音哽在喉嚨裡上不去，結果那個苗字聽起來就像是貓叫「喵——」的一聲，我被自己愣住了，全班哄堂大笑起來，有的人趴在桌上笑，甚至還邊笑邊搥桌子，我跑回座位，從此之後再也沒有人能把我拉到講台上去唱一句歌，而音樂老師也不再勉強我了。我真的非常懷念小時跟明明姊躺在湖邊的樹叢裡唱〈小白船〉的日子，還有那酸澀的野莓果，國三的時候我獨自一人到湖邊尋找過，卻一顆也沒有見到。而我上國三那年的暑假，明明已經考上中山女中並且搬到台北的松山去了。

在學校裡唯一不需要躲避的是美術課，小學三年級那年有一次美術課我用蠟筆畫一座斷橋被老師貼在後面的公布欄裡頭。那真是教人心花怒放的事情，我每天經過公布欄時都會瞄一眼那幅畫，它在公布欄的幾張圖畫中是那麼顯眼，有時我懷疑好像不是我自己畫的。到下一次美術課時我禁不住又去摹仿我畫的那座斷橋，老師走到我旁邊說：「妳應該畫別的，不要再畫一樣的啊！」但我沒有辦法，那時除了斷橋之外我腦子裡什麼也沒有。

國小時代我對美術小小的信心就那樣曇花一現。但是上國中以後我的美術老師卻很欣賞我，那次我們畫水彩畫，我從國文參考書上看到一幅風景畫的素描就照著把它放大，同時又從其他書本上找到鵝的圖形，照著畫在小河裡，並用水彩上了色，老師給了我八十八分，並且在下一次班上做壁報的時候把我找去。

我媽更是開心，就好像終於發現原來我在課業上的挫折完全是因為要留下一塊空間給美術方面的天賦，她把我的水彩畫展示給明明的媽媽看，她也讚不絕口。

一個禮拜天的下午我跟明明爬到煤礦山上寫生，我們只背著畫架和圖畫紙、鉛筆，沒有帶水彩。從煤礦山上看下去，最顯眼的是一棟四四方方的工廠，我很仔細地把那棟工廠畫下來。畫完以後我走到明明旁邊看，她的畫是一幅遠景，群山環抱著我們的村子，天上幾處白雲，而那棟工廠只是畫中的一個小點。

現在回想起那幅畫，就很清楚自己當年為什麼每天坐在書桌前好幾個鐘頭書卻還念不好，在山上這樣遼闊的視野，明明看到的是天空和大地，而我看到的只是近處那一棟四四方方的工廠，我想我在念書的時候心中也是只有一棟眼前的工廠吧。不過當時我關心的只是原來明明很會畫畫，我的確是有幾分嫉妒，原來老天並沒有給我留下什麼特別的角落。

孤芳自賞

明明家搬走後，「搬家」對我而言變成一個非常美好的憧憬，如果能夠搬家，我在新的老師和同學面前將具有一種神祕的色彩，他們對我必須重新評價。那時搬出眷村幾乎是家家父母心中盤算的事，我爸是船員，雖然經常得在風浪裡掙扎，收入卻比村裡的海軍家庭好多了，我們那條巷子搬走兩、三戶以後，我爸媽的心也被鼓動了，爸一回來，就積極地到台北看房子。而我從來沒有想過自己會懷念那個破爛的眷村，當時的我甚至對生活是不是比村外的人破爛也毫無概念，只覺得可以藉著搬家把沒有做好的過去一筆勾銷，我已在心裡發誓，在新同學的面前我將是一個不輕易開口說話的人。

國三的寒假我家真的搬出眷村了。搬到永和的一棟四樓公寓的二樓，天花板上裝著嶄新的美術燈，連廁所旁邊的牆壁上都有一個荷花形的壁燈，我做夢也沒想到有一天會住到這皇宮一般的房子裡來。我以前的房間只是爸媽房間隔出來的一塊榻榻米，睡著我跟妹妹兩個人，房間一整天都是陰暗的，我只能在客廳的窗下寫字，而現在，我的房間有一扇窗，早晨陽光會曬進來，哦！我就是要這樣的光線！

我真的比從前更少開口說話，但是這並沒有給我帶來更多的好運，雖然是轉學生，但只要一次月考我在班上的位置就被定下來了，連美術老師都沒有注意到我的畫。

而且都已經國三下，一切確實是太晚了。要報考高中的時候我的導師建議我去考基隆女中，我實在不想再回基隆去，但是功課不好又有什麼辦法。

結果我連基隆女中都沒考上，為此，我媽對我們的導師很不諒解，明明跟她媽來我家的時候，我媽對她媽抱怨說：「妳看！台北那麼多學校不去考，基隆就這麼一間還偏偏要去跟人家擠！」我看得出來明明她媽聽得有些尷尬，因為這顯得中山女中反而還好考些，但是她不好意思去糾正我媽的這句外行話。

後來我念了金甌商職，我知道我跟勢必要上大學的明明已經是完全不同世界的人了。而我們的體育課還是打躲避球。有時候我在課堂上突然想起這就是我的「少女生涯」時會覺得非常悲傷，我想我突然欲哭無淚的臉孔一定把正在講課的老師嚇一跳，一個教會計的男老師就曾經以驚訝的表情瞪著我看而忘了課講到哪裡。

我從小學開始，每學期成績單上的導師評語總是「內向」、「沉默」、「沉靜」之類的字眼，到高職以後就根本被認為是孤僻了。有一個同學說我是「孤芳自賞」，我心中竊竊喜歡這四個字，卻還是不解「我有什麼可自賞的？」「妳長得漂亮啊！」這是我稍長後第一次當面聽到這樣的評語，以後，這類似的話在我耳邊就像空氣的存在一樣的自然，但是愈來愈多人說我驕傲，於是我變得愈來愈無法跟人敞開胸懷說話。到高二以後，甚至還有學妹跑到我們班的窗口指指點點來看我，也有人跟我要照片，我覺得很恐怖，這時候我又開始想念從小一起長大的明明姊。

龜房記事

高二以後我跟明明姊又要好起來，我告訴她同學說我「孤芳自賞」的事情，她點點頭說：「對啊，其實妳是很獨立的。」她說她一直到現在，都高三了，「妳能相信嗎？我去上廁所都還要同學陪哦，還有在公車上，要是我自己一個人我就不敢吃東西，但是如果跟同學一起，就可以又吃又嘰哩呱啦的，要大聲唱歌也敢哦，很奇怪是不是？我幾乎做什麼事都這樣子，我想可能是因為我家兄弟姊妹太多的關係吧！」

這的確是很奇怪的事，不過我想想自己最常做的事情不過是發呆而已，有誰發呆還需要人陪伴的呢？

高三時我又多了一個朋友，是我爸送我的一隻巴西小烏龜，自從養了牠，我就開始瘋狂地愛上烏龜和所有跟烏龜有關的東西。

我常對著牠唱歌，有時牠略抬起頭來，我告訴爸媽小烏龜會聽我唱歌，被他們當成是天大的笑話。

明明倒不這麼想，她覺得我的烏龜看起來特有靈性，「妳看！牠很少把頭縮在殼裡面，很少有這樣子的烏龜，我每次看到的烏龜都是縮頭縮腦的！」「真的嗎？」我希望牠不要像我事事躲避，但我爸總是取笑我：「難怪會喜歡烏龜，到哪去找跟她動作一樣慢的啊！」我爸從船上退下來了，他整天老是批評我，我真希望他再回船上去！

有一天我的烏龜病了，兩隻眼睛腫得好大，我捧著牠去水族館，眼淚都快要掉下來。那水族館老闆一看見我就說：「小美女，要買飼料嗎？」我搖搖頭：「我的烏龜眼睛腫起來了。」他愣了一下，對我說：「眼睛腫啊？那要去看眼科喲！」有幾秒鐘我確實相信他所說的，幾乎就要轉身離開時我看到他的嘴角笑起來，原來是逗我的！他給我一種藥灑在魚缸裡，而我幾乎可以聽見他的心裡在說：「這個笨女生的反應就跟那烏龜一樣的慢哪！」

烏龜到底還是死了，牠死的時候眼睛都有些糜爛了，我想我真是什麼也做不好，連一隻人人都說長壽的烏龜都會被我給養死掉！我躲在房裡哭，實在不能忍受我爸的嘲笑。明明知道以後，下次來就帶隻玩具烏龜給我，是布做的填充娃娃，它的表情好可愛。後來她也不知哪找來那麼多各式各樣的烏龜，項鍊、戒指、耳環、文鎮、煙灰缸、茶杯、風鈴、相框……只要是烏龜造型的她就買來給我，一下子我的房間裡充滿了各式各樣的烏龜，她並且幫我這小房間取個名字叫做「龜房」。我經常凝視每一隻烏龜的表情、神態，看得著迷，於是我開始用碎布縫製小烏龜，做得好看的就送給明明。

明明的紅樓夢

明明大學念外文系卻喜歡中國古典文學，每次流連在她的房間裡，對著那滿架子的精裝厚皮書我就頭暈，我絕不會有耐心讀完那麼大一本書，更何況還有些是文言文，而明明說她最喜歡《紅樓夢》，自己都數不清讀幾遍了。

有一次明明去洗澡，我在她房裡坐得無聊，我已經十七歲了，再也不可能像小時候那樣跟明明一起洗澡。記得我們最後一次一起洗澡是我國二的時候，那時候明明的胸部已經開始微微隆起，而我什麼都沒有，她覺得很不好意思，我們以前一起洗澡時都要洗一個鐘頭以上，在水缸旁邊玩選美的遊戲，兩個人假裝走伸展台走來走去，或是學歌星的手勢唱「江水東流一去就不回頭……」明明她媽會敲敲浴室的門說：「妳們怎麼老唱靡靡之音啊！」但那一次明明很不自在，我們洗不到十分鐘就出來，以後誰也不好意思說要一起洗了。

我隨手從她的書架上拿那本她最心愛的《紅樓夢》下來，隨便翻一翻，發覺書裡的許多地方都被鉛筆塗得黑黑的，拿在燈光下仔細看可以看出塗掉的地方不是「襲人」就是「寶釵」，真是奇怪了，好好的書塗成這樣幹嘛？明明出來以後我就問她，她有些赧然地說：「小時候塗的啦，那時候實在討厭這兩個虛偽的女人，只要一看見她們的名字就塗掉，一直要再去買一本新的又始終沒買。」

「她們也不過是書裡的人啊，又不是真的！」

「就是啊，不過好小說讓你覺得就像真有其人，噯小時候啦，現在我不會去塗了。」

我問她：「可是現在妳還討厭她們嗎？」她說：「比較能諒解，但是『喜歡』這種事情實在是很直覺的啊，沒辦法，我還是不喜歡襲人跟薛寶釵。」

我向明明借書回去，下定決心好好讀一讀這本《紅樓夢》，但我始終還是沒把它看完，大約看三分之一以後我就開始跳著看，一路跳到結局。每每讀到被塗掉的地方就覺得觸目驚心，林黛玉固然可愛，但是薛寶釵也不錯啊，明明的愛恨未免太強烈了。但我又想，我是不是就是因為沒有強烈的感情所以對什麼事情都不熱衷，所以才缺乏毅力、一事無成呢？

我想到明明已經開始有人追了，我們的世界真是愈來愈遙遠了。

薛西弗斯的巨石

明明約我去教會，我不知道她幾時開始信教的，她笑起來：「沒有啦，那個李祖光啊，找我去的嘛！」

「那我去幹嘛？」

「一起去玩玩嘛！」

那個追她的李祖光是教會的司琴，彈琴的時候他的眼睛熱烈盯著明明看，就像電影上男主角對女主角所做的一般，我覺得很興奮。

走出教會時，李祖光跟一個黑黑壯壯的男生一道走過來，他向我們介紹：「他我同學，華遠志。」他們都是跟明明同校政大社會系的，明明也向他們介紹了我，當她說到我念金甌商職時我真希望附近有一個洞可以鑽進去，明明還補了一句：「阿宣很漂亮哦！」那兩個男生卻擺出一副不置可否的樣子。

然後我們去了李祖光家，他家沒半個人在。他拿出吉他來，說想要組一個Band，邀明明一起。我們幾乎把一整本校園民歌的歌本唱完，後來李祖光彈了一首我跟明明都沒聽過的歌，他說是華遠志做的詞，他譜的曲，我們立刻很感興趣地要他們再唱一遍。說真的，從頭到尾唱些什麼我真的一句也沒聽懂，只是一直重複聽到一個句子：「啊！薛西弗斯的巨石！」我忍不住問道：「什麼是薛西弗斯的巨石？」

我想他們一定對我的無知感到不耐煩吧。明明馬上對我解釋了薛西弗斯是希臘神話裡面的人物，他因為太驕傲，以為自己就是神，要跟宙斯比賽，後來遭受不幸的懲罰，「不一定，還有另一種說法——」華遠志插進來，而明明不理他，「總之，重點是他被罰必須不斷地把一塊巨石從山下推到山頂上，而每當巨石抵達山頂時，馬上就會滾下來……」

離開李祖光家之後我不停地咀嚼那個很有意思的神話，那個華遠志為什麼要一直慨嘆「啊！薛西弗斯的巨石！」？是不是他感到自己也是被詛咒的呢？我想我如果知道把岩石推上山的結果是它還是要掉下來，我一定不會去推那個石頭，但是如果是不得不推，如果人的意志是不自由的呢？他是不是這個意思？還是他對人生就是那麼悲觀，覺得自己不論做什麼，結果都會像薛西弗斯的巨石一般又滾落下來？

睡前我仍舊想著這個神話，忍不住就撥了今天剛記在本子裡的電話號碼，「我找華遠志。」

他很像愣住了，沒料到我會打電話給他。我對他解釋，我很想知道他為什麼要寫關於薛西弗斯的巨石那首歌。

但是他沒有回答我的問題，他說我是個傻女孩，「怎麼會想到要打這個電話呢？」他說妳知不知道愛情這種東西是非常虛無的，我說：「啊？什麼？」他說：「妳有沒有想過呢？譬如說，我講得直接一點吧，當一個男人跟一個女人做愛的時候，如果他閉上眼睛、或者是在黑夜裡，對方是誰、長什麼樣子、愛不愛她，對他而言有任何區別嗎？其實是沒有分別的……」我真的不知道他在講什麼！這跟薛西弗斯的巨石有什麼關係呢？我只知道他的話讓我臉紅、無地自容，但我甚至不敢立刻掛掉電話，我腦袋亂哄哄的，直到他說：「好好睡一覺吧，不要胡思亂想。」我才放下話筒。

玫瑰的笑靨

從此我沒有再跟他們三人同行，只陸陸續續聽到他們組Band的事。有一次明明問我：「妳跟華遠志到底怎麼回事？」我不知該如何說起，紅著臉把那通電話的事跟明明說了，明明笑得腰都直不起來，「唉！」她說：「那些小人之心哪！」我問她什麼意思，她說：「華遠志喜歡妳！」

「討厭我吧！」我幾乎有點生氣。

「嗳，妳不知道。」她說：「他是把他自己的感覺投射在妳的身上……」

明明講了一堆，突然又爆笑出來，弄得我也跟著笑，但是對於她的分析我根本一頭霧水，我只覺得有那麼點開心，如果華遠志真的像她所說是喜歡我而不是侮辱我的話……或者，我又想到有沒有一種人就是因為喜歡某人所以要侮辱對方的呢？

「他怎麼可能喜歡我！」我說。

「因為妳可愛呀！」明明曖昧地說。

明明邀我去他們學校看民歌比賽，她跟李祖光幾個人組的Band也報名了，我猶豫了很久，因為一去就得見到華遠志，但我是真的很想分享明明的榮耀，尤其他們將唱的其中一首歌是明明作的詞。

我去了，發覺要跟華遠志打招呼是相當困難的一件事，我躲在明明身後避免跟他的目光接觸。他們在教室裡練發聲，明明唱高音，她手按著腹部發出「哈！哈！」的聲音，連續發好幾聲，大家都對她的發聲方式覺得好笑，李祖光還故意把窗戶打開來對著根本沒人的走廊說：「沒事！沒事！」

明明寫的那首歌叫做〈玫瑰的笑靨〉，一開始是她的Solo：「時間的漩渦中流去多少記憶，卻輾不去一朵——玫瑰如妳。」我在台下看著她，感覺她真的就像一朵玫瑰，她的臉比小時候更見清麗，雖然有點兒微胖，卻是充滿了生命力，她的清湯式長髮在歌唱中微微晃動著，一段合唱之後，又是明明的Solo：「當夢成空行，色彩中不再有妳，玫瑰的笑靨，孤零零的四周……」她唱得很悲傷，曲終時她勉強地笑一下，如歌曲中那朵玫瑰的笑靨。

接著是李祖光和華遠志主唱那首我已聽過的〈薛西弗斯的巨石〉，當他們大聲吶喊的時候我有點兒想要笑出來，但我發覺華遠志的眼光好像看著我時就克制自己裝著面無表情。

我就這樣面無表情地面對他直到大夥分手回家。明明他們得了第二名，宣布名次的時候明明的手跟李祖光握得緊緊的。

滿天蝴蝶結

這段時間裡，明明跟李祖光一個作詞一個作曲合作了許多歌，我最喜歡的是一首半押韻的〈滿天蝴蝶結〉：

夜霧在獵戶星座的腰上結個鬆鬆的蝴蝶

到日頭出來了才肯飛

高速公路為台灣打一個大蝴蝶結

穗穗就從佳洛水飄進巴士海峽裡邊……

我想明明是真的戀愛了，才會寫出這麼可愛的歌詞來。戀愛真可以把凡人變成天使，然而我的愛情卻在哪裡呢？

明明的戀愛情事似乎騷動了我的心，以前跟她在一起，我只覺得她對我而言是一股提升的力量，使我盡可能免墮於庸俗，跟她愈接近，我愈感覺同班同學的瑣碎教人厭煩，可是她的戀愛卻把我拋到更空曠的高原裡，只有風和草浪，怎麼叫喊也沒有回音。

鋪展在我十七歲的路途上的，只有孤獨而已，我坐在我的龜房裡，看著明明送給我的每一張烏龜的臉，我拿出紙來畫我死去的唯一一隻有生命的烏龜，牠微抬起頭聽我細聲的歌唱，明明說牠是一隻奇特的烏龜，從不退縮，雖然牠擁有一個安全的甲殼。

2

聖誕卡

我原想要按著脈絡回憶自己的過去，到這裡卻還是被我自己打斷了。我一再提到明明，可能是我一直在乎關於信心的問題，而明明給人的印象從來就是自信的，即使她說過沒有人陪伴的時候就不敢在公車上吃東西，我覺得那仍可以解釋為一種怕羞、喜歡朋友、合群之類的因素。

但是不記得哪一年，總之我們長大之後，有一天我對明明說：「真羨慕妳的自信，我要是有妳一半的信心就夠了！」明明卻這樣回答我：「自信？妳知道我國小的時候，三年級吧，有一次學校來了一批傘兵，不知道為什麼在我們學校停留半個月左右，好像是晚上住在我們的教室裡吧，我也不記得了。下課的時候，那些大哥哥就陪我們玩、聊天，他們走的時候還記了我們的地址。」

「後來，那年的聖誕節我接到其中一個大哥哥的聖誕卡，祝我聖誕快樂，但是最後還附帶P.S.：請代我向你們的班長問好，我沒有她的地址只好請妳代勞。」

我沒有聽懂，不知道這跟自信有什麼關係，明明姊說：「那封卡片讓我從小學三年級那小小的年紀，看人就變得比較犀利，那個阿兵哥根本無意寫卡片給我，他的目的是要寫給我們的班長，只是沒有她的地址而已。」

噢！這樣子想不是太嚴厲了嗎？「妳喜歡那個阿兵哥嗎？」

「小孩子的那種喜歡啊，我想我小時候一定很醜吧，我沒有什麼自信，所以只好努力一點吧！」她說著笑起來，「唉！其實喔，我那時候還耿耿於懷的是他寫卡片來的時候，我們班班長已經換成我啦！很好笑是不是？」

「我也記得妳總是當班長的呀！」

原來明明姊也不是那麼自信，她的這番話讓我好過一點。因為我的生活是那麼的教人灰心，我的學業、我的工作、我的未來……我連打一個電話給男生都會變成笑話！

卡通畫片

我的第一份工作是在重慶南路一家卡通工作室，擁塞、零亂的空間，永遠瀰漫著發酸的甜辣醬或是隔夜的水餃味兒。

月薪是一萬一千元，當我爸、我媽、明明，每一個人聽到這個數字的時候，第一個反應都是：「什麼呀！這簡直是剝削嘛！」更何況我幾乎每天加班，有時還熬一整個通宵，大約每半個月就要熬一次，卻沒有一塊錢的加班費。我媽成天在我耳邊說：「不要做了啦，哪有人像妳做得這麼可憐的！」而我爸老是搖搖頭：「傻就是傻！那些公司就是喜歡騙妳這種傻瓜！」連明明也很懷疑地問過我：「妳在那裡真的學得到東西嗎？」

我點點頭，她還是不以為然，「他們只是讓妳著色，妳要是真的對美術有興趣，有很多美術教室可以參加，也有專門訓練美工人才的講習班……」我不想聽，我知道我可以花錢去學，但是我害怕，我覺得如果真拿父母的錢去學，結果也只是白繳報名費而已，我就是不開竅！但是在卡通工作室著色我是真的做得很有趣。著色會有什麼樂趣呢？又不是自己的創作！我知道他們一定是這麼想，但那是對於有天分的人而言，像我，要怎麼樣找一個跟美術有關、而又不會有人考你創意的工作呢？他們怪公司天天要我加班，我卻很難解釋，其實是我自己要加的，因為我畫得比別人慢，沒辦法啊，我就是畫不快，但是我塗得很細密，我只是想把工作做好而已。

那些畫片每一張是一個停格的畫面，要連在一起之後才有了生命。有時候我畫完幾張，自己把它們在眼前快速晃過去，就能感覺到裡面的人物、動物真的活了起來，他們怎麼能斷定我就一定沒有成就感呢？

我想，我在別人眼中，我的緩慢，我常常的無表情，也就像那一張張停格的畫片吧？

有一天我畫累了，拿其中幾張大頭狗畫片在我桌上快速舞動，恰好我們老闆走過去，他停下來對我笑一笑，我趕忙把畫片疊起來，再畫下一張的時候，卻覺得手會抖。

這一切大約都看在他的眼裡吧，在我進公司八個月之後，老闆請我出去吃晚飯。那天只剩下我一個人加班趕稿，他下班時間快到的時候才進來，七點半左右從他的辦公室出來，叫我不要畫了，出去吃個晚飯吧。

我聽他的話收拾東西，他問我想吃什麼我搖搖頭，他說：「妳很不喜歡說話哦？」我還是搖頭，他終於笑起來，「搖頭的意思是不喜歡講話、還是沒有不喜歡講話？」我被逗得笑出來，眼睛緊緊看著自己的鞋子，我穿一雙白色中高跟涼鞋，老闆的影子跟我的影子並排幾乎是一般高。

他帶我去一家粵菜館，我有點食不知味，好像還常常夾菜都夾不起來吧，好不容易捱到吃完了他送我回家，我下車的時候他走下來幫我開車門，並且在我的肩頭輕輕攏一下。

那晚，他從辦公室走出來邀我吃飯、站在馬路口不知何去何從時看著我說妳是不是很不喜歡說話、為我開車門、輕觸我的肩頭……這一連串動作，就像卡通畫片一樣，被我分割成好幾個畫面，在我的腦海中重複放映，有時快、有時慢。

荷花．斷橋

我們的老闆已經快四十歲了，大我不只一倍，而且他的頭髮有一點花白，但是又蠻有藝術氣質，一頭亂蓬蓬的頭髮看到他的人都能猜出他是搞藝術的。他是師大美術系畢業的，他說教了幾年書，實在受不了，「就出來了。」經營這個工作室之外，他並沒有放棄畫畫，也開過好幾次畫展了。

他有太太、有小孩、有事業，任何人如果知道他來逗引我，一定會說這個人居心不良，我自己也常這麼想，我卻沒有勇氣拒絕他。應該說我對他的感情是帶著一點害怕的成分，這種害怕的情緒使我順從他。

我順從於命運的擺布。第一次跟他「在一起」是那次吃晚飯之後的星期六中午，下班離開公司在電梯碰到他，走出電梯時他順勢攬著我的肩出來，我的肩膀抖了一下，他看我一眼，示意我跟他一塊兒走，而我竟然真的就跟隨他。

我們走到了新公園，他在荷花池邊坐下來，拍拍他身旁的椅子，「坐！」我便坐在他身邊。他說念高中的時候常常在這裡寫生，「畫荷花大概是很多追求藝術的少年必經的過程吧！」他問我以前特別喜歡畫過什麼沒有？我順口說：「斷橋。」他很驚異，「為什麼是斷橋？」我沒有回答，不願意說只是剛好住家附近有一座斷橋。

他握住我的手說：「奇怪的女孩子！」四下都沒有人，他對著我的臉，開始吸吮我的嘴唇。我不能相信這是我的初吻，猛地推開他，他輕輕拍我的背說：「對不起。」不久之後，他又親我，這一次我沒有推開他，只是很緊張地注意有沒有人經過，聽到一陣悉嗦聲我立刻把背挺直，原來是一隻癩皮狗，搖搖晃晃地走過去。我盯住池裡一朵比其他花苞都早開的荷花，聽任他把我摟在懷中，我只看著那朵荷花，清新、碩大，花瓣被午後的陽光照得透明。一群建中的學生背著書包走過去，有人看了我們一眼又若無其事把眼光轉開，我想到十九歲的自己很可能只比他們大一兩歲而已，眼光便追隨著他們的書包，然後我的腦子裡忽然出現童年的那座斷橋，兩座對立、腐朽的橋墩，橋邊長滿白花如雪的芒草。

「阿宣、阿宣……」他反反覆覆念著我的名字，念得連我都對自己的名字生分起來，他又低聲說：「叫我的名字。」他的名字樊、孟、南三個字在我的腦袋裡游過去，但我無論如何叫不出口，我只能喊他：「樊先生。」公司裡的人都這麼叫他。我幾乎是拜託著說：「我想回家了。」

早開的花

不知道在哪裡聽過，說女人分成兩種，一種是早開的花，在十七、八歲青春瀲瀲時豔放，但是很快就枯謝了；而另一種是晚開的花，二十歲前尚不起眼，經過年事增長卻愈見美麗，到三十歲上才大放光采，四十歲以後更見風韻。我擔心自己就是屬於那種早開的花。

我常躺在床上想我跟樊先生之間的事。有好幾次聽從他的暗示我在下班之後留下來，同事都走光之後他把我帶到他的辦公室。他很溫柔地撥弄我的長髮，看我、抱我、親我，「妳怎麼會這麼美呢？」他總是好像很不可思議地這麼說。

我沒有辦法釐清自己對樊先生的感情，每當他走到我的身後我就好緊張，好像連血管都要迸破了，這種感覺是對其他男同事所沒有的。但是每當我們真的在一起，他抱緊我、親吻我時，那種感覺就跑遠了，有時他更進一步要撫摸我、甚或要求我撫摸他時我會覺得厭惡，只想要逃離，只求快快結束。於是我們的相處變成一種重複的遊戲，他找我，我緊張、欣喜，一旦在一起了，我又開始掙扎、拒絕，直到他筋疲力盡拗不過我只好放我走為止。

他在人群中時我總能欣賞著他，我喜歡他蓬亂的頭髮，喜歡他說話時的自信（儘管並不懂得他的畫到底是在什麼程度），然而就近面對面時我發覺自己並不喜歡看他，至少面對著他的臉並不會使我興奮，而他興奮時扭曲的臉孔更使我恐懼、變得只想逃跑。

我們之間的情況就這樣周而復始。不健康！我經常這麼對自己說。而如果我就是那種早開的花，難道這就是我所能擁有的愛情？我感覺深深地被刺傷了。

良心·海芋

「他的良心很純潔，因為從來沒有用過。」

這是明明諷刺人的時候最喜歡用的句子，或者明明會用疑問語氣詞問對方：「你的良心很純潔嗎？」

十九歲那年的聖誕前，我遇到一個對我使用了他的良心的男人。

我的同事小周在星期天把我騙到公司加班，在我發現門鎖著進不去時她跟一個男生一起出現，然後把我拖去喝果汁，她指著那個男的說：「他我哥啦！我無意間說到我們公司有一個女的很漂亮，他就拜託我製造機會，對不起啦！」但是第二天小周卻又向我坦白：「嗳，我哥正在失戀之中，妳不會介意吧？」

第一次見面，果汁喝完我就走了。反而是聽到小周說他「正在失戀」，第二次他約我我很感興趣地赴約了。他是台大化學系的學生，我們在他們學校的草地上坐下來，他問我：「妳是學美工的？」我答非所問地說：「失戀是什麼滋味？」這時候我看著他的臉，發覺他很好看，我很喜歡看著他說話、或聽他說話。

他好像不太懂我在問什麼，我又說一遍，他卻很茫然的樣子：「我不知道失戀是什麼滋味，不過以前學小提琴的時候丟掉過一把琴，我知道失去提琴的滋味。」我咀嚼「我知道失去提琴的滋味」幾個字，感覺像吃一種從來沒吃過的東西。

他說起一些學校的事情，我發現他對於時間的描述是「秋天的時候，那裡的樣子……」我嘴裡重複「秋天的時候」幾個字，他問我幹嘛？我說：「你講話都是這樣的嗎？失去提琴的滋味、秋天的時候。」他有點莫名其妙的樣子，我們兩個都變得很沉默。

我以為小周她哥不會再約我了，一個禮拜以後他又找我去爬山，我想我正陷入幸福之中吧。山上有些地方路不好走，他會伸出手來牽我，我覺得自己的手瞬間都僵冷了。後來一個老太太溯溪上來，肩上擔著滿籮筐的海芋問我們要不要買，他站起來買了一把，然後遞給我說：「妳抱著海芋比較漂亮，我拿著花蠻奇怪的。」我倒不這麼覺得，海芋，這種純白色帶點詩意的花跟小提琴、秋天這一類字眼不是很相襯嗎？但我還是喜孜孜地接過來。

不記得我們一共約會了多少次，期間我問過小周，「妳不是說妳哥失戀了嗎？為什麼他不承認？」「喔，這樣嗎？」她想一想：「可能是定義不一樣吧，大概他覺得追一個女的追不到還不算失戀，要已經在一起了分手才叫做失戀，妳覺得是不是？」我點點頭：「應該是吧！」「我哥很喜歡妳喲！」

最後一次見面是平安夜，他請我吃耶誕大餐。吃完牛排他要我陪他去學校的實驗室，「看一下我正在做的實驗就好了。」我心裡猜測著他是不是故意的，跟在他身後走入闃黑的實驗室，而那裡確實有一個實驗等著他。

我就坐在他的身邊，四周沒有半個人影，我們聽得見彼此的呼吸，街上的車聲繁華離我們很遠。我想我們倆都想著同一件事吧，我有時瞄他一眼，有時看著自己胸前的聖母項鍊，大部分時間眼光是毫無意識地放在他不知浸著什麼的試杯杯緣。我真的聽見他重濁的喘息，我在心裡吶喊：「看看我、親親我吧！我是你的、我願意！」當我不知在心裡央求他多少遍之後，他頹然嘆口氣站起來。他走出實驗室，我一路跟著他。

後來我們到湖邊，有很多學生各自圍一個小圈圈，遊戲、唱歌、聊天。我們在人群中卻不屬於任何一個圈圈。我明白他是故意走到人多的地方來，我知道了，他不要我做他的女朋友。

他終於說話，他說認識我之後掙扎了很久，不願意傷害我。我明白，我想他認為如果他對我做了什麼就要對我「負責」了。「妳真的很可愛，我們是好朋友。」我老記得他說的這句話，但是之後我們就互不聯絡了。我很難過，但是沒有勇氣再主動找他。

變形的臉

在我跟小周她哥交往的過程中，我和樊先生的關係仍舊像先前一樣，他不時找機會跟我獨處，我依然既順從、又不順從他。

耶誕節過後，那一天在他的辦公室裡，他親吻我時我給予了他前所未有的熱烈回應，連我自己都驚訝，但是當他興奮起來，我又看見他眉頭皺得緊緊的、兩眼變得無神、嘴和臉上的皺褶嚴重的扭曲變形，那嘴喃喃地說：「讓我進去！讓我進去！」

我慌張地搖頭，覺得他提出的是極端可恥的建議，他從喉頭裡囫圇地說：「讓我射在妳裡面，我才能感覺妳是我的。」

「不要——」我怯怯地說，他又重新抱住我：「那妳親我，親我那邊。」我不要、我不要，我不停地搖頭，搖到眼淚嘩啦啦落下來他才停止，他的臉孔又變得正常、有智慧、像一個藝術家。

為什麼是這樣呢？那夜躺在棉被裡我想起自己的遭遇，我痛恨他變形的臉，更痛恨自己為什麼不能一開始就拒絕他、為什麼至少認識了周以後不拒絕他？而我更傷心的是周為什麼不喜歡我？一定是因為我太笨、太無知、太言語乏味吧，我想他喜歡的一定是像明明那樣的女孩子，聰明、活潑、有才氣、隨時隨地侃侃而談，而我呢，連問個問題都怕再鬧笑話，像華遠志，他一定到現在還在心裡笑話我吧！

如果有一天，我再遇到一個像周那樣的男孩，而他也喜歡我，那麼他要做什麼我一定都答應他。我到底為什麼喜歡周呢？我努力回想其實我跟他在一起的時候不像樊先生站在我身後時那樣令我驚惶失措，反而讓我安心，我也喜歡他說話的語氣「我知道失去提琴的滋味……」，他看東西的時候好像都很認真、很專注，那次我們在山裡坐下來，他望著溪流，就好像溪裡面有一個拼圖讓他拼似的，望了好久好久，而我看著他微側的臉，我真的很喜歡看他的臉。

我又想起那天在實驗室裡，我倆都壓抑著彼此的呼吸，但是我的回憶畢竟脫離了現實，我幻想他吻了我，差一點撞倒那些試杯。他捧著我的臉很輕、很溫柔地把他的嘴唇碰到我，他一邊梳理著我微捲的長髮，慢慢把我擁在他的懷中，然後我感覺到他的身體，他某一個變硬的部位和我的身體輕輕摩擦，我的大腿開始不能克制地用力，跟我的腹部以反方向的作用力一起向我的私處擠壓，啊，我的小腹不聽使喚地用力、用力，一種無以名之的快意淹沒了我。我側頭看到忘了闔上門的衣櫃裡邊的大鏡子，我的臉泛紅卻好像在求救哀號一般的表情，那使我想起樊先生那張痛苦扭曲變形的臉孔，天啊，我霍地坐起來，感覺到自己兩腿之間的潮濕、無力，我把枕頭放在膝蓋上趴著痛哭，小時候我就是經常這樣子哭。

哭

你會不會有時候，沒有什麼原因，就是忽然很想哭很想哭呢？我記得國中的時候，有一次明明姊到我房間來，我正坐在床上，兩手撐著膝蓋上的枕頭掉眼淚，明明問我怎麼了？我說我也不知道，就是忽然很想哭。

「我有時候也會無緣無故想哭。」明明點點頭說。

「哭了以後呢？妳會想什麼嗎？」

她搖搖頭，「哭就像大自然要下雨一樣，下一下自己就會停了，停了又會想笑，笑自己神經病，反正哭就哭了嘛，也不會怎麼樣。」

那天我大哭一場之後第二天就向樊先生提出辭呈，當然他百般慰留我，並且向我道歉。我真怨恨自己的軟弱，回想起來，我就忍不住敲自己的腦袋，如果我當時顯得絕決、不可挽回，不是能給人留下更多懷念的空間嗎？而我居然留下來了！

再次面對他扭曲的臉孔，被他百般的哄勸、索求，在一種心靈極度的疲憊下，我把自己給了他。第二天，我就離開卡通工作室了。

我這才陡然發現，我是真的不愛他。連對於愛情我的感覺都是遲鈍的，我不知道自己這一生還能做什麼。

奇妙的是，離開卡通工作室之後，我開始遇到無數追求我的男人。

這位妹妹我見過的

明明到大四的時候都還跟李祖光在一起，算算已經三年多了。有一晚我睡在明明家，我倆通宵說著話，我問明明：「為什麼妳對感情能這麼篤定呢？」明明的眼睛一亮，我又接著問：「難道妳從來就沒想過會有別的可能？」

她搖搖頭說：「我是真的愛他呀！」

我說：「有時候我也覺得自己是喜歡著某人的，但是又總覺得好像另有一個我真正喜歡的人在某個地方……總是可以不停地比較，沒完沒了啊！」

明明說：「如果是真愛，就是絕對的，就不能比較了。」明明說這話的時候，不會想到，再過不久，她大學畢業以後，將會遇到一個讓她告別初戀，整個世界顛顛倒倒的頹廢男人。明明不會想到，一年後，她將哭著問我：為什麼愛過的會不愛了？她對李祖光，那個男人對她……而我，啞口無言。

至少明明總是知道自己愛或不愛，我面對身旁等我下班，約我去唱KTV，買玫瑰花給我的男生，總是常常忽然覺得陌生。我想要遇見一個像賈寶玉那樣會說「這位妹妹我見過的」這樣的男生，然而無論我跟對方喝著咖啡，逛著誠品，走在敦南林蔭大道上，甚至手牽著手，都會沒來由地一陣煩躁：這個人是誰？我為什麼要跟他在一起呢？我真的要跟他在一起嗎？

我從此覺得黯淡了

我不想把後來經歷過的情事一樁樁寫下來，那好像是在開戀愛鋪子，販售自己其實並不怎麼美麗的愛情，何況那通常是一些被追逐的過程，究竟算不算戀愛也很難定義。

有一段時間我的確困惑，不論到哪裡工作、跟哪一群朋友出遊，總會有人跑來追求我，他們並不了解我啊。我有種流浪的感覺，但我衷心感謝他們，讓我感到一點點的自信，那幾乎是我所有的自信了。

有一天，有一個男人對我說，女人的美總是不經意的，當一個女人自覺到美麗時，她的美也就消失了。說這話的人，前一分鐘還讚美著我的身體，我和他做完愛，我要求到浴室沖個澡，他要我把門打開，他蹲著，仰望著我的身體說：「妳真的很美！」

我彷彿咬住一顆毒蘋果，感到一種可怕的魔力，把我，從一張色彩鮮亮的照片突然變得泛黃……

我從此覺得黯淡了。

這本手札在這裡忽焉結束，我讀著，好像一個失去記憶的人讀自己的追憶錄，又好奇，又覺得似曾相識，這位阿宣到底怎麼樣了呢？

阿宣消隱在台北這個繁華的城市裡。

我拿著這個本子，去影印了十二份，照樣加上封面，但在作者處加上了「台北女人」幾個字。然後，我又做了一件不曾做過的怪事，我把這些小冊子帶到重慶南路金石堂、忠孝東路金石堂，帶到敦南誠品、天母誠品，帶到昆陽站出口的新學友、信義路何嘉仁書店，帶到復興北路口的三民書局，帶到九十三巷人文空間，帶到羅斯福路三段唐山書店、台大誠品，帶到師大路水準書局、牯嶺街松林書店，悄悄把這一本薄薄的小冊子放進角落書架裡，就像不知何年何月阿宣所做的一般，也許這是我的使命。

我走出這些書店，目光拂過的每一位近中年的女性時，都覺得那是阿宣。她在這個城市裡，這個奇異的，什麼都可能存在的台北，也許今生就黯淡了，而更可能像許許多多的台北女人一樣，在一番生活淬鍊之後，重新活了過來，明亮耀眼，好像永遠都不會老。

國家圖書館出版品預行編目資料

台北卡農 / 宇文正著. -- 初版. --
臺北市 : 聯合文學, 2008.09
208面 : 14.8×21公分. -- (聯合文叢 ; 425)

ISBN 978-957-522-788-3（平裝）

857.7　　97015820

聯合文叢 425

台北卡農

作　　者／宇文正
發 行 人／張寶琴
總 編 輯／周昭翡
主　　編／蕭仁豪
資深美編／戴榮芝
業務部總經理／李文吉
行銷企劃／邱懷慧
發行專員／簡聖峰
財 務 部／趙玉瑩　韋秀英
人事行政組／李懷瑩
版權管理／蕭仁豪
法律顧問／理律法律事務所
　　　　　陳長文律師、蔣大中律師
出 版 者／聯合文學出版社股份有限公司
地　　址／（110）臺北市基隆路一段178號10樓
電　　話／（02）27666759轉5107
傳　　真／（02）27567914
郵撥帳號／17623526聯合文學出版社股份有限公司
登 記 證／行政院新聞局局版臺業字第6109號
網　　址／http://unitas.udngroup.com.tw
　　　　　E-mail:unitas@udngroup.com.tw
印 刷 廠／鴻霖印刷傳媒事業有限公司
總 經 銷／聯合發行股份有限公司
地　　址／（231）新北市新店區寶橋路235巷6弄6號2樓
電　　話／（02）29178022

出版日期／2008年9月　初版
　　　　　2019年1月17日　二版一刷
定　　價／260元

ISBN 978-957-522-788-3（平裝）